深河
DEEP RIVER

〔日〕远藤周作 著 　　　　　崔健 译

南海出版公司

新经典文化股份有限公司
www.readinglife.com
出 品

深河

深深的河哟，主啊，我要渡河到那宿营地。

——黑人灵歌

目 录
CONTENTS

一 矶边的故事

"烤红薯喽，烤红薯，热腾腾的烤红薯喽！"

每当想起医生给妻子下癌症不治判决书的那刻，矶边耳边就会响起诊室窗外传来的阵阵叫卖烤红薯的声音，似乎嘲笑着他的狼狈。

卖红薯的男人声音慵懒而闲适。

"烤红薯喽，烤红薯，热腾腾的烤红薯喽！"

"这是……癌细胞，还转移到了这里。"仿佛配合着男人的叫卖声，医生的手指在 X 光片上缓慢游走着。"现在已经做不了手术了。"医生的语气毫无起伏，"试试抗癌药和放射治疗吧。"

"大概，"矶边屏气敛息，询问道，"还有多少日子？"

"三个月左右。"医生移开目光，"情况好的话四个月。"

"过程会很痛苦吧？"

"用吗啡能减轻一些肉体上的痛苦。"

一阵沉默在两个人之间蔓延开来。接着，矶边问道："可以用丸山疫苗吗？或者中药呢？"

"可以。您觉得有用的药物都可以试一试。"

医生答应得很爽快，暗示着妻子的病情已经回天无力。

又是一阵沉默。无法承受的矶边一站起身，医生再次将身体转向 X 光片。转椅发出烦人的嘎吱声，矶边听来似乎在预示着妻子的死亡。

我一定是在做梦——去往电梯的路上，矶边仍不敢相信。"妻子会死"这样的念头，从来没有在他脑中浮现过，这就像一部电影看到一半，银幕上却突然放起别的画面。

矶边茫然地望着冬日傍晚铅灰色的天空，又听到窗外叫卖烤红薯的声音——"热腾腾的烤红薯喽！"该怎么瞒过妻子呢？他苦思冥想。以病人特有的敏感，妻子一定马上就能看穿他的心思。矶边在电梯旁的椅子上坐下，两个护士有说有笑地从他眼前经过。她们在医院工作，却洋溢着健康和朝气，与疾病、不幸完全无关。

矶边深吸一口气，一把抓住病房的门把手。妻子一只手臂放在前胸上，正在睡觉。

矶边坐到房间唯一的圆凳上，再次琢磨起脑海中编织的谎言。妻子无精打采地睁开双眼，看到丈夫，强打精神微笑起来："见到医生了？"

"嗯。"

"医生……怎么说？"

"还得继续住院三四个月，不过医生说四个月以后就会有明显好转，所以再坚持一下吧。"知道自己不擅长说谎，矶边感觉额头微微渗出了汗。

"哦。"妻子的视线移向他湿漉漉的额头。面对病人的敏感，矶边变得谨慎起来。

"接下来这四个月还得麻烦你了。"

"说什么傻话，有什么麻烦不麻烦的。"

妻子微笑起来，她还没听丈夫说过这么动听的话。这是独属于妻子的微笑。刚结婚的时候，疲于处理人际关系的矶边每次从公司回家，一打开门就能看到妻子洋溢着这样的微笑迎接他。

"出院以后先静养一段时间，等完全恢复了，我们就可以去泡温泉。"一直以来，矶边疏于对待这个女人，为了掩饰内心的愧疚，他又扯了更多谎。

"千万别，要花不少钱呢，对我来说没必要。"

"没必要"这几个字像远远传来的叫卖烤红薯的声音一样，带着微妙的凄凉和哀伤。说不定她已经知道了。忽然，妻子自言自语般说道："刚才我在看那棵树。"她看向病房窗外，似乎望着更远的地方。顺着妻子的目光，只见窗外巨大的银杏树长得枝繁叶茂，仿佛拥抱着什么。

"那棵树活多久了呢？"

"有两百多年了吧，反正是这一带最古老的一棵树了。"

"那棵树说了，生命绝不会消逝。"

身体健康时，妻子就喜欢每天给阳台上的花浇水，然后像小女孩一样和每盆花说话。"美丽的花儿，快快开放吧。""美丽的花儿，谢谢你。"妻子的这个习惯，是从爱花的母亲那里学来的，结婚后也没变。但和老银杏树对话，或许是她本能地意识到了自己的生命即将终结。

"现在和树说起话来了呀？"为了掩饰不安，他故意嘲笑道，"不过也挺好，眼看病就要好了，还可以每天和银杏对话。"

"是啊。"妻子有气无力地回应着。可能是意识到了这一点，她摸了摸自己憔悴的双颊。

闹铃响了，这是医院在提醒探病结束了。矶边拿起装了换洗衣物的纸袋，从圆凳上站起来。"那我走了。"他故意打了个哈欠，伸出另一只手握住了妻子的手。在这之前，他一次都没做过这么难为情的事。像日本大多数丈夫一样，他羞于向妻子表露任何爱意。妻子的手腕明显变细了，显示着死亡已不动声色地在病人体内扩散。

她又对丈夫报以那样的微笑。"要好好吃饭哦，脏衣服就请交给妈妈吧。"

"我会的。"

离开病房到了走廊上，矶边的胸口像是灌满了铅一样。

房间角落的电视调低了音量，正播放着无聊的游戏节目。节目中四对年轻夫妇分别掷出巨大的骰子，如果两个人一共掷到十点，就能去夏威夷旅行三天两夜。

矶边茫然地望着电视画面，身旁妻子正在熟睡。有对夫妇掷出了十点，高兴地握住彼此的手，细细的纸带在他们头顶飘舞。

矶边听到房间里有人发出嘲笑声，他甚至觉得，为了使他更痛苦，那个人故意让他在电视上看到其他夫妇幸福的模样。

这些年来，矶边在工作和人际关系上遇到的困惑和迷茫也不少，但当下他面临的状况却和这些生活中的挫折截然不同。此刻在他眼前熟睡的妻子，三四个月后真的会死去。矶边这样的人从来没想过这种事。太沉重了。他没有任何宗教信仰，但如果真的有神佛存在，他想大喊：为什么不幸要降临到我妻子身上？她是个善良温柔的普通女人，请救救她吧，拜托了。

护士站里面熟识的田中护士长正往病历本上写着什么，她抬起头来，用同情的眼神看着矶边，然后点头示意。

矶边回到位于荻洼的家中，住在附近的岳母正往厨房的冰箱里放晚饭。矶边告知了岳母妻子的病情，只是把医生的话说得模棱两可。如果让岳母知道真相，她会受到多大的打击啊，一想到这里，矶边就丧失了坦白的勇气。

"今天你爸爸回来得早，我就先回去了。"

"谢谢妈妈。"

"那孩子住院后，感觉这个家也突然变大了呢。"

"因为她是个开朗的人吧。"接着，矶边又像刚才一样在心中向神佛祈祷：那家伙是个平凡但善良的女人，请救救她吧。

岳母走后，矶边感受到了她说的那种空荡荡的感觉，之前他想都没想过。都是因为妻子不在这里。一个月以前，他还认为妻子在家是理所当然的，既没有特别意识到她的存在，没事的时候也没有主动和妻子说过话。他们没有孩子，曾领养过一个女孩，结果因为没法与孩子亲近而失败。话本来就不多的矶边不擅长表达情感，不懂得和妻子、养女好好交流。餐桌上说话的总是妻子，他只会回应"哦""那挺好啊"，每每这时，妻子总是会叹气，责怪他："就不能和那孩子（养女）多说说话吗？"

妻子住院以后，夫妻二人的交流才多了起来。

医生事先告知的消息准确得残酷，没过一个月，妻子便出现了发热、身体疼痛的症状。尽管如此，她不想让丈夫太难过，还是努力保持着微笑。但是，放疗后头发掉了不少，身体稍微动一下，剧烈的疼痛就像闪电般穿过全身，她忍不住轻微呻吟。在抗癌药的副作用下，她一吃东西就会马上吐出来。

"可以给她用吗啡吗？"矶边实在不忍，恳求医生道。

"可以。但是，使用不当反而会加速死亡。"医生的话自相矛盾。日本医院以延长患者生命为主流医治方案，以尽可能延长患者生命为方针。矶边心里也知道，这对治疗结果没有帮助，但也希望妻子活久一点儿，多一小时哪怕一分钟也好。不过，一想到启子觉得对不住他，咬牙忍耐不肯喊痛的模样，他又想：算了，就用吧。

一天，矶边下班后像往常一样来到医院。推开病房门，意外地看到妻子迎向他的笑脸。"今天感觉好轻松，简直不像真的。输液时用了特殊的药。"她充满活力地说，"简直就是奇迹，那药叫什么呢？"

"可能是新型抗生素吧。"矶边觉得妻子已经用上吗啡了。

"这种药如果能奏效，早点儿出院也好，况且住单人间也太奢侈了。"

"别担心，支付一两个月的单人间费用，我们还是没问题的。"

启子存了一笔钱，本来打算等矶边退休后两人一起去西班牙和葡萄牙旅游的。实际上矶边已经花了这笔钱。他们结婚时没有蜜月旅行，启子想用这次西葡之旅来弥补。她已经在地图上用红笔圈出了还没见到的里斯本、科英布拉的街巷，就像幸福的记号，还让曾去美国出差工作过两年的矶边陪她练习一些简单的英语会话。

今日又别病房去，真相在心口难开。

颤然惊醒梦中来，念妻余生寥寥哉。

等待电车的间隙，矶边坐在站台长椅上，随手在笔记本上写下了几句诗。矶边既不赌马也不玩麻将，为数不多的消遣就是喝酒、写写拙句、下下围棋，但他写的诗从来没给妻子看过。他是个羞于表达感情的男人，是个期待哪怕一言不发，妻子也能体察自己情绪的丈夫。

　　静脉映清晰，手臂纤纤细。

　　一个周六，矶边早早来到病房，看见一个系着三角头巾、额头宽阔的大眼睛女子。

　　"这位是志愿者。"多亏吗啡，妻子不觉疼痛，愉快地向丈夫介绍。

　　"住院之后还是第一次见到志愿者呢。"

　　"是吗？"女子注视着矶边说，"是田中护士长让我来照顾病人的，我姓成濑。"

　　"您是家庭主妇吗？"

　　"不是，我年轻的时候就离婚了。平时做些类似上班的事，只有周六下午来医院参加志愿者活动。"

　　矶边点头回应，心里却有些不安：她是个外行，要是无意间向妻子透露了真实病情，那可就糟了。

　　"她很会照顾病人，刚才还照顾我吃了晚饭呢。"

　　"谢谢，给您添麻烦了。"矶边低头鞠躬，"谢谢"二字说得很有力。

　　"您丈夫过来了，那我先走了。"成濑美津子礼貌地点头致意，端着托盘离开了病房，托盘上盛放着吃了一半的饭菜。从她的言谈和轻轻关门的举止来看，矶边知道这是个值得信赖的人。

"人还不错吧？"妻子说得好像找到她是自己的功劳，"她和你读的是同一所大学呢。"

"那样的人，为什么做志愿者？"

"那样的人啊，懂得很多呢。"妻子语气里透露出女人特有的好奇，"不知道为什么离婚了。"

"不知道。别人的事少管了。"矶边言语中带着怒气，本意是担心女人之间的亲密让这个志愿者不经意地向妻子泄露了病情。

"有件不可思议的事。"启子对丈夫说道，神情似乎望着远方的某个地方，"刚才我输液睡着后，梦到了家里的餐厅，看到了你的背影。你呀，在厨房烧了水，没有关火直接就准备睡觉了。我拼命喊'烧水壶要烧干了，会着火的'，你却一副浑然不觉的样子。我在那儿一遍一遍地喊，你却把卧室的灯关了……"

妻子滔滔不绝，嘴唇张开又合上。矶边盯着妻子，她梦到的事确实发生了。昨天晚上，矶边关掉卧室的灯准备入睡，总觉得莫名忐忑，睁开了眼睛。他瞬间意识到厨房的燃气还开着，马上从床上跳起来，冲到厨房。水壶已经像酸浆一样通红了。

"真的吗？"

"真的，为什么这么问？"

矶边坦白了昨晚发生的事，启子神情紧绷地听着，如梦初醒般嘟囔道："看来我还有用。"

"梦应验了。会有这样的事。"

妻子深信自己和大树交谈，又做了奇怪的梦，这是不是死亡在靠近的证据呢？矶边不安起来。小时候他曾听祖母说过，人濒死时会看到一些常人看不到的东西。

吗啡暂时缓解了疼痛，但妻子的衰弱显而易见，矶边每天来病房探望，自然是清楚的。不过，用了吗啡，妻子这阵子很精神。"今天成濑告诉我，学者也承认梦的含义很丰富，叫什么'梦境心电感应'，她说可以通过我的梦了解我无意识状态下的情况，但具体怎么回事她就没再多说了。"

听到妻子这样说，矶边对那个大眼睛的女人成濑不放心起来，她身上似乎有某种东西，在洞察妻子的内心。

就像夏日只闪耀一瞬的夕阳，妻子依赖吗啡的精气神也迅速消失了。之后，妻子整日戴着氧气面罩，呼吸急促，几近昏睡。一个星期六的傍晚，矶边轻声推开病房门，只见妻子手上插着针管，表情痛苦，双眼紧闭，志愿者成濑正在一旁揉着她的脚。见丈夫来了，妻子有气无力地睁开了双眼，但她标志性的微笑已经看不到了。

"好像掉进了……地下。"[①] 妻子轻声呢喃着，随即又陷入了昏睡。整个过程中，一直注视着妻子的成濑，表情没有任何变化。她冷静的眼神仿佛在说"已经绝望了"，矶边感到无法言说的痛苦。

"她今天状态怎么样？"

"嗯，稍微说过几句话。"

---

① 出自日本诗人萩原朔太郎的诗《地下的病容》，妻子借典形容自己的病容。

"她本人不知道吧？"矶边低声问，"我什么都没说，也拜托您替我保密。"

"我知道了。但是……"成濑美津子平静地说，"但是您太太或许已经知道了。对自己的死，癌症晚期患者往往比身边人以为的看得更清楚。"

"可她一次都没和我说过。"矶边确认妻子睡熟了，反驳道。

"那是……顾及您的心情吧。"美津子始终很冷静。

"请别再说这种残忍的话了。"

"非常抱歉。但是，我做志愿者见过很多类似的情况。"

"我太太今天和您说了什么？"

"她很担心自己不在了，矶边先生您的生活会有很多不便。"

"是吗？"

"还说了些离奇的话，说意识脱离了身体，能从天花板俯视躺在床上的自己。"

"是药的副作用导致的吧？"

"也有这种可能，但癌症晚期患者常有类似的体验，虽然医生和护士都不相信。"

矶边甚至觉得这是妻子死亡的先兆。今天窗外依旧是铅灰色，医院外又传来懒洋洋的叫卖烤红薯的声音，叫卖的人意识不到自己的声音给别人带来怎样的感受。里斯本的街巷，窗台上并排放着开满花的盆栽；拿撒勒的海岸，纯白的沙滩上女人们一袭黑衣正修补着渔网——同样是幻觉，矶边希望她看到的不是横亘在床上的自己，至少是这样的风景。

意识脱离身体的现象，果然是临终的前兆。

"我想就是这四五天的事了。"医生把矶边叫到护士站，"可以准备通知亲戚了。"

"四五天？"

医生垂下眼镜镜片后的双眼，把圆珠笔、体温计之类的塞进略显脏污的白大褂的口袋。他不忍看到患者家属此刻的表情。

"这么快吗？"矶边带着眷恋说着无意义的话，医生预判妻子还有三四个月寿命时的情景还历历在目。

"意识会一直清醒到走之前那一刻吗？"

"不能确定，大概提前两三天进入昏睡状态。"

"不会在痛苦中离开吧？"

"我们会尽全力不让病人在痛苦中离世的。"

这一天终于还是来了。矶边此刻的心情，与其说是寂寥，不如说像独自站在月球表面那样空虚。他努力按捺着这种感觉，轻轻握住病房的门把手，推开了门。田中护士长正在一名年轻护士的协助下，为妻子输氧。"呀，您先生来了。"经验丰富的田中用振奋人心的语气对启子说。

"老公。"妻子招手把丈夫唤到枕边，指着床边的圆桌，"你……待会儿看看里边的记事本。"

"我知道了。"

两名护士体贴地离开了病房，随即妻子说道："长久以来，多谢你……"

"说什么傻话呢。"矶边别过脸，"你这家伙，说得好像病危了似的。"

"对不起，但我很清楚，明天可能连话都说不出来了。"

羞耻和害羞的感觉都已荡然无存，一起生活了三十五年的妻子，明天就可能离开这个世界。

矶边在病床边的圆凳上坐下，一言不发地凝视着妻子的脸。他也一脸倦容，但妻子的面容更显疲惫。她微微睁开忧郁的眼睛看向丈夫，似乎这么做都让她很费力，于是又闭上了眼睛。

田中护士长进来给妻子换上新的氧气面罩。"不喜欢的话取下来也可以，不过戴着会轻松些。"

妻子没有应答，双眼依然闭着，肩膀随呼吸起伏。

那天夜里，启子陷入了昏睡，偶尔说些胡话。矶边无能为力，只能坐在她身旁，握着她的手。医生和护士轮流不停地为启子量血压、注射、测脉搏。矶边给住在东京的岳父、岳母和妻弟打了电话。

"您太太在找您！"

矶边挂了公用电话准备回病房时，年轻的护士正跑过走廊来通知他。

"请快过去吧！"

他一进病房，田中护士长就取下妻子的氧气面罩，语气急促地对他说："她好像在说什么，请快过去听。"

"是我，是我，听到了吗？"矶边把耳朵靠向妻子的嘴唇。

妻子用奄奄一息的声音，拼尽全力、断断续续地说："我……一定会……转世的，在这个世界的某个地方。要……找到我，答应我、答应我。"

最后两声"答应我"说得最有力，妻子将最大的愿望倾注其中了吧。

做梦一样过了几天，妻子去世这件事总不像真的，好多次矶边都和自己说，妻子和朋友出去旅行了，马上就回来。

三天后，甲州街道附近的火葬场边，黑色车子陆续停满，成群结队的遗属像流水作业一样被吸入火葬场的同时，下一组遗属已经在后边整装待发。矶边在等候室陷入深思，透过窗户可以看到火葬场高耸的烟囱里冒出的烟，这令他想起在病房时经常看到的阴沉沉的天空。矶边朝浓烟自言自语："那家伙去旅游了，等她回来，就开始和之前一样的生活。"不过他还是向来参加葬礼的人道谢。

工作人员来通知火葬要开始了。很快，矶边眼前出现穿戴制服和帽子的中年男子，他按下焚烧炉的开关，一阵犹如新干线穿过铁桥的巨响传来。发生了什么？现在要做什么？矶边大脑一片空白。"现在请用筷子捡起骨头放入骨灰盒。"制服男子面无表情地提醒他，同时拉出一只黑色大斗柜。矶边无论如何都不能相信散落在那里的苍白碎骨是他的妻子。"这到底是什么？我们究竟在做什么？"他在哭泣的岳母和其他女家属旁边自言自语，"这不是她。"

矶边抱着用白布包裹的骨灰盒，在亲友和僧侣的陪同下回了家。家里，他和妻子曾一起使用过的家具、妻子生前喜爱的物品，都一动不动地放在原处。女家属们把啤酒和盛了食物的盘子、碗端到客厅。

"头七以后就是七七了。"一个男亲戚含着啤酒沫说。他负责葬礼的所有事宜，对后续的安排尤为在意。

"七七是下个月的星期几？"

"星期三。"

"大家也忙，我们私下办就行了，不劳大家费心了。"

"不过，请问住持，"另一名男子询问道，"佛教为什么要大家在第七个七天聚在一起呢？"

"这个嘛，"住持在膝上抚着念珠，有些自豪地说，"佛家认为人死后魂魄处于中有状态，即还没转世，在人间游离。每隔七天，魂魄会在一对男女体内托生，所以就有'头七'一说。"

"唔！"头一次听到这种说法的男人们握着酒杯，定睛看着住持。

"每隔七天？"

"没错，就算一直没赶上托生，魂魄也一定会在第七七四十九天成为某个人的孩子，获得来生。"

"唔！"

大家都长舒一口气，又像在叹息，但谁也没有把这些话当真。

"原来是这样，所以才有七七的说法呀。这就是七七和葬礼后的仪式也要在寺庙里办的原因吧？"大家点点头，但他们心里认为，这不过是寺庙敛财的手段罢了。

这时，矶边的耳边响起妻子临终前的呓语。"我……一定会……转世的，在这个世界的某个地方。要……找到我。"

矶边正陷入回忆茫然无措时，亲切的住持向他颔首道别："我的任务完成了，先告辞了。"

大家离开后，矶边打开了从医院带回家的两只行李包。里面装着妻子住院时用过的遗物，有长袍、睡衣、内衣、毛巾、洗漱用品、手表……她住院时用的记事本也在其中，这是 M 银行年终做宣传时送给客户的黑色皮质小记事本。矶边怀着悲痛的心情，翻开其中一页。

　　你的衣物：冬装（在壁橱里的 A 桐木箱里）；春秋装、夏装、礼服（在 B 桐木箱里）。

　　衣服一定要用刷子刷，换季时要送去干洗。

　　毛衣和开衫（自然是在 C 桐木箱里）。

　　这些都已经和妈妈交代过了。

　　存折和印章、股票、房产证等寄存在银行。

　　有事可以和 M 银行的井上分行长或杉本律师商量。

矶边双眼模糊，犹豫着翻到下一页。每一篇都在细数日常生活的方法，叮咛和嘱咐丈夫，自己不在后，丈夫也能没有障碍地生活下去。从睡前检查燃气开关，到打扫浴室的方法。妻子离世前，这些琐事都由她处理，现在都手把手教给他。

"你觉得我能应付这些事吗？"他对着供奉在餐厅的妻子牌位和遗像怒吼，"这个家你要不管不顾到什么时候？还不快回来……"

记事本里还有一些妻子过世前二十天的记录，既算不上日记也算不上备忘录。

一月二十二日　阴

今天也输液了。手臂上的血管遍布针眼，甚至可以看出内出血的瘀青痕迹。我找窗外那棵银杏树聊天了。

"大树啊，我快要死了，你已经活了两百年吧，好羡慕。"

"我冬天也会枯萎，在春天复苏。"

"但是人类却……"

"人类和我们一样，死去，然后复活。"

"复活？怎么复活？"

"不久你就知道了。"大树回答。

一月二十五日

一想到离开后，我那笨蛋丈夫没人照料了，就怎么也放不下心来。

一月二十七日

一直到傍晚都很痛苦。身体的疼痛好歹能靠药物蒙混过去，但是心……出于对死亡的恐惧已疲惫不堪。

一月三十日

志愿者成濑来了。她是个冷静、克制的人，我就把无法对丈夫言明的苦恼和秘密对她说了。

"我知道自己快不行了，我还没和丈夫说，不过……"

成濑点点头。不愧是她，连宣之于口的否定和安慰都没有。

"成濑女士，您相信转世吗？"

"转世？"

"人死后真的会转世重生吗？"

这一次，成濑直视我，没有再点头。

"我有种预感，转世后能再遇到我丈夫。"

成濑什么也没说，视线移向窗外，望向那棵每天都能看到的熟悉的巨大银杏树，然后低声说："我不知道。"随后，就端着餐盘离开了，背影看上去坚硬而冷酷。

空虚的日子一天天持续着。为了填补内心的空洞，矶边尽量待在公司，拖到很晚才回家。他还专门带加班的下属吃饭、喝酒，好歹能排遣一些难挨的低落情绪。最不好受的是回到家看到妻子用过的东西——拖鞋、茶杯、筷子、家庭账本，留在通讯录上的零星笔迹……每每睹物思人，就心如刀割。

有时他会在半夜醒来，故意在黑暗中发出"喂、喂"的声音，让自己相信妻子就躺在旁边。

"喂、喂，你睡着了吗？"

回应他的只有漆黑的沉默、漆黑的空虚和漆黑的寂寞。

"你什么时候才能旅游回来啊？打算让我一个人待到什么时候？"

黑暗中，他闭上眼睛，妻子的面容在脑海中浮现。浑蛋，你在哪里？就这样把你的丈夫丢下，你要做什么？

"我……一定会……转世的，在这个世界的某个地方。要……找到我。"妻子临终前的呓语犹在耳边，像生动的残影。但矶边认为那不可能。像大多数日本人一样，他没有任何宗教信仰。对他而言，死亡就意味着一切将永远消逝，只有妻子用过的东西还留在家里。

矶边心想：在的时候，死亡其实一直萦绕在我面前，只是你撑开双臂在为我遮挡。你一离开，它才又突然出现在我眼前。

他能做的，只有每两周去一次青山的墓地，在妻子墓碑前洒水、换花，双手合十，权当回应妻子"要找到我"的热切愿望。

生活在华盛顿的侄女来信问矶边要不要去美国休假。矶边想着，这样下去只是重复孤寂的生活，于是答应了邀约。

矶边单身时曾在华盛顿待过。坐着侄女的车在这个城市穿梭，他感觉眼前的一切都和当时没什么两样。侄女婿是乔治敦大学医学部的研究员，他带矶边参观了宛如欧洲老牌大学的建筑，以及从十九世纪基本原样保存至今的大学城。侄女家的餐厅里摆着影星雪莉·麦克雷恩写的畅销书，封面印着她的照片。

"哟，是麦克雷恩啊。"矶边说，"我以前很喜欢她，她在日本红极一时。"

"这是当下的热门书。"侄女应道。

"写了些什么？"

"她探寻自己前世的故事。"

"这家伙居然相信那种故事，书架上净是这一类以及新科学之类的书。"侄女婿露出既讽刺又无奈的笑容。他是医生，在他看来，在美国流行的超能力、对濒死体验过高的评价，都是社会恐慌现象。

"他呀，看待什么事情都抱持着理性的态度。"侄女不满地鼓起双颊，"世上用理性解释不通的事情多着呢。"

"只是暂时解释不通，但总有一天能用科学阐明。"

"不过……"一直没说话的矶边插话道，"雪莉·麦克雷恩的书，啊，事先声明，我对前世之类的说法是一概不信的，但为什么她的书这么畅销呢？我对这一点倒是很感兴趣。"

"是吧？"侄女误以为矶边站在她这边，"据说越南战争后，此类研究在美国的大学中如火如荼地开展起来了呢。"

"仅限于非科学性的心理学学者和新世纪的思想家。"侄女婿苦笑，"弗吉尼亚大学好像正在进行前世研究。"

"不是'好像'，弗吉尼亚大学学者史蒂文森写的书，在附近书店销售排行榜上排到第三名呢。"

"那位学者是什么人？"

"我还没读，但据说他和助手在世界范围内搜集了有前世记忆的孩子的案例，并彻底调查这些案例是否真实。"

侄女婿喝着侄女给他调的酒，耸了耸肩，以示妻子说的话简直愚蠢。

矶边单手晃着杯子，耳边又响起妻子的遗言。

妻子真的相信有前世和来世吧。她和花草、大树对话，相信梦能预知未来，正是这些幼稚的地方，让矶边把她的呓语理解为她最大的愿望。

想到这里，矶边才发现妻子生前把他看得多么珍贵啊，胸口又剧烈疼痛起来。

矶边毫不认同来世、转世之类的说法，侄女认真谈论着麦克雷恩的书，他和侄女婿一样，虽然苦笑着应和，但并没有当真。

"为什么会有人喜欢那种故事啊？"侄女婿打个哈欠，想结束这个话题。

"我死去的老婆也……"矶边没有再说下去。虽然他自己不相信，但妻子的临终遗言仍是不能向别人透露的重大秘密，那是妻子留给自己的珍贵遗物。

回程时，矶边在华盛顿机场的商店里候机，看到橱窗里展示着侄女提到的雪莉·麦克雷恩的《处于孤立无援之境》和伊安·史蒂文森教授的《记忆前世的孩子们》。书上还挂着"畅销书"的宣传牌。这与其说是偶然，不如说是有一股看不见的力量驱使着他。他仍旧不相信侄女那些奇怪的话，但他鬼使神差地买下了这两本书，像死去的妻子把他推到了橱窗前。

飞机上，矶边翻开书看了起来。泛美航空公司的空姐来送饮料，瞥了一眼麦克雷恩的书封说："这本书很有趣，我也读得入迷。"

侄女说的是真的。

比起麦克雷恩的书，矶边对史蒂文森教授的研究成果更感兴趣。教授列举了多方实地调查，表述仍严谨客观，令人依赖："确实存在这种现象，但不能因此断定人有前世。"读了那本具有可信度的书，矶边有些相信妻子的遗言了。

矶边修先生：

我们收到了您五月二十五日的来信，现在答复您咨询的问题。

的确，自一九六二年起，我们弗吉尼亚大学以伊安·史蒂文森教授为中心，进行死后存在的调查研究。我们去世界各国寻找自认为拥有前世记忆的、三岁以下的幼儿，搜集他们本人的叙述、亲属的客观证言、幼儿的身体特征，与越南战争后，美国濒死体验、灵魂出窍、超能力等研究成果相呼应。

我们的研究对象符合以下"转世"的条件：

一、存在透视、心灵感应、内隐记忆无法解释，但得到确认的事实和证据。

二、拥有现世显然未学过的复杂技能（如外语、乐器等）。

三、本人记忆中前世受伤的位置有胎记。

四、前世记忆没有随年龄增长而显著减少，且不需要在催眠的状态下引发。

五、本人前世的遗属和大多数朋友经长期观察，认可他的转世。

六、本人拥有和前世相同的人格，且并非受其父母及他人影响。（我们更重视三岁以下的幼儿，就是因为年龄更大的孩子有可能会受到大人话语的影响，与自己的记忆混淆或产生错觉。）

之所以补充上述严苛的条件，是为了说明我们的研究不同于那些所谓的超自然现象、来历不明的宗教和透视者，我们进行的是学术性的、客观的调查研究。

因此，即便世界各国都存在疑似"转世"的现象，到现在我们仍无法断言"转世"存在。

截至目前，"转世"的案例有一千六百多件。很遗憾其中前世是日本人的只有一例，具体情况如下：

一九五三年十二月出生于缅甸那·兹鲁村、名为玛·蒂恩·阿汶·米约的女孩，从四岁开始反复说起前世。一天，她和父亲散步时看到天上的飞机，突然害怕地哭喊起来。其后每次看到飞机，她都十分恐惧。父亲问她原因，她回答因为被飞机袭击过。再之后，她变得消沉，提出"想去日本"。

一段时间后，她才开口说起自己的前世。据她所说，前世的她出生于日本北部，结过婚，有孩子（孩子数量每次都不一样），参过军。驻扎在缅甸那·兹鲁村时期，在柴火堆旁准备做饭时，一架敌机刚好从她头顶飞过。那时，"她"自己，也就是那个日本士兵正裹着腹带、身穿短裤站在那里，敌机突然俯冲下来扫射，"她"逃进柴火堆藏起来，但被子弹命中了腹股沟，当即死亡。

后来，女孩又说"她"入伍前好像在日本开有一家小店，入伍后当炊事兵，死在战场上时，日本正从缅甸撤军。

但是在女孩的叙述中，没有出现过前世日本士兵或家人的名字、地名。不过，女孩不喜欢缅甸食物，却喜欢甜食和高糖分椰子做的咖喱。她总说想回日本，那里有自己的孩子，说长大后要去日本。据女孩的家人说，她经常自言自语，他们完全听不懂，不知道是日语还是单纯的幼儿语言。不可思议的是，她前世中弹的位置正好有枚胎记。如果想知道更详细的情况，推荐您阅读史蒂文森教授的调查报告。

今后，如果我们发现自称前世是日本人的研究对象，会再次联系您。

弗吉尼亚大学医学部精神科人格研究室

约翰·奥西斯

二　行前说明会

"神圣的恒河荡涤心灵，人和动物徘徊在迷宫般熙熙攘攘的市集中。这就是印度，一个曾在印度河流域绽放文明之花的古老国度。"

屏幕上接连放映出形如倒扣白碗般的泰姬陵、眉间点有红痣的婆罗门老僧、手势性感的印度舞者等影像。半个月后出发的印度佛教遗迹之旅正在开行前说明会，大约有二十人参加，这些人中有男有女，其中一半以上都是老人。

在咳嗽声和轻微动静中，屏幕上继续放映着同样的风景照、同样的印度教寺庙，还有混杂着行人汗臭的孟买和加尔各答的街道，以及蓝毗尼、迦毗罗卫城、菩提迦耶、鹿野苑等地的佛教遗迹。日本已然入秋，但不到三周后，在场的这些人就将踏上那片热浪冲天的土地，想想就让人觉得不可思议。

灯亮了。美津子感到空气中混杂着众人的气息，从挎包里取出了手帕。手帕散发的古龙香水味让前座的男子扭过头来，露出惊讶的神色。

"为了让各位有一趟愉快的旅途，接下来由导游江波宣读旅途中的注意事项，各位请看一下手边那张纸。"

接着，一个三十四五岁、戴着圆边眼镜的男子走到屏幕前向大家介绍。"我是导游江波，曾在印度留学四年，其间就带过这家'宇宙旅行社'的游客，有一些经验。接下来这三点，还请各位留意。第一是饮水问题。在当地请绝对不要喝生水，务必先煮沸，建议大家喝可乐或果汁。曾有游客点了饭店的冰水和加冰威士忌，因为冰块而腹泻。"

由于印度特殊的如厕方式，他们认为左手不洁，所以不要用左手触摸孩子的头。没有特殊情况就不需要给小费。还有防贼防盗的方法等，他按照纸上印刷的内容一一说明。

"印度存在一种宗教性的身份制度——种姓制度，又称瓦尔那制度。这种制度非常复杂，没法简单说清楚。但希望大家了解，有一种身份被排除在外，连最低种姓也不属于，他们叫'不可接触者'。现在他们虽被称为'哈里真'，形式上被尊为'神之子'，实际上还是从过去就被特殊对待的人。我们在旅途中目睹这种差别对待可能会感到不适，希望大家明白，这背后有着漫长的宗教历史背景。"

又提醒了一些旅途中的注意事项后，江波鼓励大家提问："为了让各位尽快熟悉彼此，提问的时候请先报一下您的名字。"

有两三个人举起了手。

"我姓沼田，想去野生鸟类保护区看看，可以在阿格拉或巴拉特普尔多待两天吗？"

"虽然是踏寻佛教遗迹之旅，但各位如果需要，也可以选择我们目的地的其中一处稍作停留，之后再和大家会合。您喜欢动物，是吗？"

"是的。"

"印度本身就像座野生动物园，我们去的地方就有猴子、獴、老虎甚至眼镜蛇。"江波把大家逗笑了，"如果要在某个地方逗留，还请住我们指定的饭店。外出用餐时餐费需要另算。"

"我明白了。"

其后，又有女子询问了印度现在的气温和要穿的衣服。

接着，一个年龄稍长的男子举起了手。"可以在那边的寺庙里做法事吗？"

"您说的寺庙应该不是指印度教，而是佛教的寺庙吧？不好意思，您贵姓？"

"我姓木口。"

"木口先生，您有什么特别的法事要做吗？"

"战争期间我在缅甸失去了很多战友，也和印度士兵打过仗，所以……我想为他们都做一下法事。"

大家听后陷入了短暂的沉默。

"我不敢向您保证，但我想应该是可以的。顺便说一句，现在的印度，印度教占绝对优势，接下来是伊斯兰教，佛教处于将近消亡的状态。虽然公开数据显示，印度有三百万佛教徒，但他们大多都是刚才提到的不可接触者。也就是说，游离于种姓制度之外的最底层人民把希望寄托于倡导人人平等的佛教，希望得到救赎。不管怎么说，种姓制度是印度教的根基，是印度社会的支柱，所以佛教不免日渐式微。"

在座的人对此很意外。他们去印度旅游的首要目的就是探访佛教遗迹，在他们的印象中，印度就是佛陀之国、释迦牟尼之国。

"那么印度教徒信仰什么呢？"一个天真的老妇人问，她打算和丈夫一起去探寻佛教遗迹。

"请问您贵姓？"

"我姓小久保。"

"谢谢您。印度教十分复杂，一两句话说不明白，最好就是去当地参观他们的神像。他们信仰的神很多，我先用幻灯片简要介绍一下吧。"

屏幕上映出一个怪异的女性身影，她单脚踩着一具男尸，挂着许多人头做成的项链，四只手中的一只提着人头。

"这是迦梨女神的画像，经常可以在印度寺庙和家庭中看到。基督教中，圣母玛利亚象征着温柔慈爱的母性，而印度女神却温柔而恐怖，被称为'地母神'。有一位恰门陀女神承载了印度的所有苦难，到时我一定会带大家去看一下。"

房间里的灯又亮了，小久保夫人惊呼"啊，太可怕了"，惹得大家都笑了。

"已经超出我们预定的时间了，今天的说明会到此结束，大家辛苦了。"江波用手指推了推厚厚的镜片，笨拙地低头致意。

美津子站起身来准备和大家一起离开会场的时候，被前排男子叫住了。

"您是成濑女士吧？"

"您是？"

"您忘了吗？我是矶边，我妻子住院时受过您照顾。"

在美津子的记忆深处，浮现出那个坚强的癌症晚期的女人和几乎每天都来探病的丈夫。

"那时承蒙您照顾，没想到又在这儿见到您。"

矶边的眼神仿佛在成濑美津子身上探寻对妻子的回忆，这对成濑美津子来说有些沉重。"一起去印度旅游，还请多多关照。遇到您可真是太巧了。"她想换个话题。

矶边点点头："没想到您对探访佛教遗迹感兴趣。"

"倒也不是对佛教特别感兴趣。"美津子含糊地笑了笑。刚才索取活祭和鲜血的女神身影还残留在眼前，自己到底想去印度看什么？连她自己也不知道，或许她想把善与恶、残酷与爱共存的女神像与自己重合。不，不仅如此，她有另外想探明的事情。

"那我觉得您一定对法国感兴趣。"

"为什么这么说？"

"妻子曾经和我说过类似的话。"

"我曾去过一次，但并不喜欢那个国家。"

矶边被美津子的直截了当吓了一跳，不再说话。

美津子意识到自己的语气有些不妥，连忙说道："对不起，说大话了。矶边先生是去印度旅游吗？"

"怎么说呢，也算是吧……"矶边的神情显得有些为难，"有想探明的事情，真的像寻宝之旅。"

"大家去印度各有各的想法呀，有人喜欢动物，有人要为战友做法事。"

行道树上的叶子散落得随处都是，把人行道染成了脏污的褐色。出口的出租车排了一列，一对美国夫妇饶有兴趣地看着路边小摊上的玩具。还想继续搭话的矶边让美津子倍感压力，她当即开口道："我得走了，到时候我们在成田机场见。"

"十点半集合吧？"

"对，出发前两个小时。"美津子点点头，钻入一辆正在排队的出租车。车窗外，矶边茕茕孑立的背影离她越来越远，这可不就是一个失去妻子的孤独男人。

出租车经过美津子毕业的大学，朝梧桐叶已泛黄的四谷十字路口方向而去。停车等红绿灯时，美津子看到上学时常去的那家名为"AloAlo"的小酒吧还一如往昔地开着。美津子瞬间想起自己刚从老家关西来东京时那段没心没肺的日子了。那时，她被同学称为"摩伊赖",整日在这家小酒吧和男友们喝着酒,嘴上说着"一口干了",是个误以为和同学混在一起的日子就是"青春"的傻学生。美津子被男生簇拥着，内心又看不起他们，那时的她和只考虑今后现实生活的同学不同，她要的是人生。但还没意识到两者有何不同的时候，那个小丑就出现在了她面前。那个她玩弄过的大津……

三　美津子的故事

　　大学读法语系时，玩伴给美津子取了外号叫"摩伊赖"。这个名字取自当时法语课上的朱利安·格林的小说《摩伊赖》，摩伊赖是书中的女主人公。于是大家就半开玩笑地这样称呼美津子了。

　　书中，摩伊赖由于贪玩，引诱了借宿在自己家的清教徒约瑟夫。美津子读的是教会男子修道院经营的大学，所以有受洗过的学生，虽然人数不多。他们中有些人被一般男生瞧不起，被看作"聊不到一起去""没有共同语言"的无聊呆子。虽然谈不上歧视，但总有人被莫名地认为不好相处。

　　一次联谊会上，两三个学弟怂恿美津子道："要不要逗逗大津那个家伙？说不定还挺好玩儿的。"

　　"他是哪个系的？"

　　"哲学系。他属于让人一看就想捉弄的类型，甚至都不敢和女生说话，一定还是个处男。"

"那么弱？"

"所以想让成濑学姐捉弄他一下。"

"为什么？"

"因为他总是一副讨好别人的笑脸，你看到一定会想欺负他的。你明白吧？"

那时，这所大学轰轰烈烈的学生运动终于平息，大部分学生被空虚感侵袭。美津子正处在成长的年纪，在从外地来到东京的自卑感驱使下，美津子仗着父亲的纵容，租下了对学生来说过于奢侈的公寓，开跑车，叫上朋友喝那时他们根本喝不起的干邑。尽管如此，她内心总是感到空虚。每每男生评价她"好酒量""好车技"，她心底就涌起一股说不清是对自己愤怒还是感到寂寞的情绪。

"知道了，看我心情吧。"

"至少要像摩伊赖引诱约瑟夫一样引诱他一下，你也可以用钥匙嘛……"

小说中，摩伊赖曾故意把约瑟夫房间的钥匙夹在自己的双乳间，约瑟夫若想拿到钥匙就不得不碰摩伊赖的胸部。男生们半开玩笑提到的就是这一幕。

那是大二时大家互不负责的对话之一。不管是喝酒、抽烟，还是女孩子的口无遮拦，都是那个时代东京大学生的常态。

不过，自那之后美津子就把大津抛诸脑后了。对她来说，玩笑仅限于当场，就像小时候过节时买的棉花糖，很快就消散了。

半个多月后，美津子正坐在学校图书馆靠近正中央的座位上专心查阅字典，准备第二天课上需要翻译的《摩伊赖》结尾，突然感觉后背被戳了一下。回过头去，是两个学弟。仿佛向她透露什么重大秘密一般，他们凑近她小声说道："那就是大津。"

"大津？谁？哦，我想起来了。"

"看到柱子旁那个一本正经写东西的家伙了吧？就是他。"

时隔多年，美津子仍然记得那天大津的侧影。那个时候，学生们几乎都已经不穿校服了，微胖的大津仍把老土的立领校服脱在一边，挽起白衬衫的袖口。他坐在那里，简直就像银行柜台里认真数着一张张钞票的职员。

"你们要我和那种汗臭男交往？"

"都说了嘛，就想逗逗他。"

确实，大学里往往有一种男生，会激发女生捉弄他们的冲动。大津土里土气的打扮，恰好会让女生产生这种想法。

"你没忘记联谊时的约定吧？那家伙每天傍晚都会去学校的小教堂祈祷。"

"你们是让我引他上罪恶之路？我考虑考虑。"美津子忽然嫌恶起亲昵戳自己后背的学弟了，于是刻薄地说道。那时她还没有为了捉弄而接触大津的想法。

但是为了捉弄大津，学弟们又想出了一招。

图书馆的闭馆时间到了，美津子起身准备下楼，只见大津抱着脏兮兮的包袱，正站在出口。

"不好意思，那个……我是大津。"他怯懦地对她说。

"嗯？"

"说你有事找我，近藤和我说的。"

近藤就是刚才把大津指给美津子看的学弟。

"我没找你。"美津子冷冷地说，"是他们想欺负你。"

"欺负我？近藤他们？"大津自言自语，"怎么会有这种事。"

"你不生气吗？"

"我习惯了，从小就被人捉弄。"大津满月般的圆脸上露出老好人的笑容。

"因为你凡事都太当真了。"

"是吗？我倒觉得自己就是一个很普通的人。"

"听说你冥顽不化。"美津子打量着大津，突然萌生了一个坏主意，现在她体会到摩伊赖想捉弄清教徒约瑟夫的心情了。"大家都这样说。"

"是吗？"

"是啊。首先，夏天还好好穿校服的人，如今可不多见。"

"不好意思，这是我的习惯。我不是故意打扮成这样的。"

"你是信徒吗？"

"对，出于家庭原因，我从小就信教。"

"你发自内心相信吗？"

没想到她问了个自己从来没想过的问题。虽然入了这所大学，但美津子不信这一套，也不喜欢这类话题。

"不好意思，"大津像做错事的少年，"是的。"

"我可弄不懂那种东西。你这人真是莫名其妙。"

美津子无视大津，转身下楼。不管从哪方面看，大津都不是个会引起女生好奇和关注的男生，和大津那样的人产生了关联，这件事美津子到现在都觉得不可思议。如果非要找个理由，开始并不是想捉弄大津，而是想捉弄大津信仰的神，都出于孩子气的心理。

图书馆碰面后又过了几天，一个临近暑假的炎热夏日，美津子从一〇九号教室下课后出了教学楼，正和同系的女生坐在树荫下的长椅上拿着纸杯喝可乐，眼前来来往往的行人中有个人显得与众不同，是穿着黑色校服、酷热难耐的大津。

"那个人，"美津子对朋友说，"太老土了吧。"

"那个人啊？他向来就是这副打扮。"朋友说，"不过他长笛倒是吹得挺好的。"

"那人还会吹长笛？"

"忘了是什么时候的事了……大学音乐会上，他吹了莫扎特的曲子，大家才知道他还会吹长笛，都惊呆了。"

"简直不敢相信。"

"他的祖父以前是政坛的大人物呢。"

"为什么他总穿着校服？"

"你自己去问问他呗。"

就是从那个时候起，美津子对完全不感兴趣的大津产生了好奇。当然，法语系那帮不怀好意的家伙招惹大津完全是怀着另一番心思。

"据说那人很会吹长笛，你们早就知道吗？"美津子质问道。

近藤他们嬉皮笑脸地答道："知道啊。这不是更显得他奇怪吗？所以才想让成濑学姐你逗逗他。"

"别说了，我没兴趣。"

"据说那家伙每天放学后都会去'文化之家'。"

"文化之家？"

"学校里神父们的那座古老小教堂。"

"然后呢？他去干什么？"

"大概是去祈祷？"

这样啊，那家伙是那种人啊，活在美津子出于本能厌恶的世界里。

"成濑学姐喜欢这种类型吗？"

"不喜欢。"

不像四五年前投身学生运动的那群人，他们失去了目标，只能给空虚无聊的生活找点儿刺激。但他们也知道，这样只会日益空虚。

美津子说的"不喜欢"，一半是真话，一半是假话。她隐约觉得大津有着和普通学生不同的生活方式，可同时又觉得这种男人大多很伪善。

为了验证传闻的真实性，美津子半开玩笑地和近藤他们提议，放学后去那座离神父住所不远的文化之家看看。

文化之家是大学里最古老的建筑物之一，将近一半的墙面长满了爬山虎，一层有几间会议室，二层是小教堂。美津子只在刚入学时和女同学们来这里参观过，上楼梯时不知第几级楼梯嘎吱作响，直到现在她还记忆犹新。当时，小教堂里有个外国神父正双膝跪地，用一只手抵着额头祈祷。

烈日透过夏季院子里茂密的树木，洒向放学后的小教堂，重归安静的建筑物里空无一人。远处钟声响起，让人联想到出现在《摩伊赖》中的美国南部的大学。

"这哪里有人？"美津子责问同伴，"别再信口胡说了。"

"成濑学姐，我们只是把传闻告诉你嘛，没想到你对这件事这么认真。"

近藤他们知道美津子的性格，还是被她强烈的反应吓了一跳。而美津子为自己如此拼命而觉得狼狈。

"一个男人来这种地方，还跪着祈祷，真让人反胃。"美津子恶狠狠地说。

大家没有说话，仿佛在暗暗揣测美津子的内心波动。

过了五六分钟，楼梯处传来脚步声和嘎吱声。凭直觉就知道是大津。只见他站在门口，整个人像被光芒包围着，如同出现在那里的幽灵，接受大家的注视。

"噢！"他瞪大眼睛，憨憨地笑了，"你们怎么在这儿？"

"大津，"美津子温柔的声音和刚才截然不同，"你真的每天都来这儿祈祷？”

“不好意思，是这样。可是你们……”

“我们来邀请你参加联谊。你知道四谷十字路口附近有家叫AloAlo的店吧？”

“拐角处中央出版社后面那家？”

“没错，你来吗？”

“可是……我会扫你们的兴吧？”大津有些为难，“我玩不开……”

“看来你很感兴趣嘛。来吗？不来？”

“不好意思，我会去。”

美津子率先起身离开小教堂，这时楼下的钟响了五声。其他人围着她，议论纷纷起来。

“那家伙真的会来吗？”

“会。你们不能捉弄他，但要灌醉他。”

“收到！明白！”

AloAlo是美津子他们经常聚会的地方，营业到很晚，美津子还会付一半酒钱，近藤他们非常高兴。

过了半小时，又过了一小时，大津还是没有现身。

“这家伙溜了。”大伙咂着嘴，频频看向门口。

“不，他会来。”不知为什么，只有美津子对此无比确信。她想起发出邀约后，大津憨笑着说“我会去”的表情。她还有种预感，大津注定会像约瑟夫一样落入陷阱。

就在美津子断言"他会来"的瞬间，小酒吧的门发出了和文化之家楼梯一样的嘎吱声。接着，敦实的大津单手提着书包，小心翼翼地从门后探出头来。

"你来晚了，罚酒一杯，一口干了。"近藤举起杯子递给大津。

"可我喝不了啊。"

"你必须喝了。"

在大家嚷着"一口干了"的催促下，大津气喘吁吁地把满满一杯琥珀色液体喝空了。没想到他居然能一口气喝完，大家面面相觑，安静下来。

"成濑，可以回敬你一杯吗？"大津热情地将杯子递给她，"女士就喝一半吧？"

"女的怎么了？给我加满！"

自尊心受伤的成濑猛地递出酒杯。在一片"一口干了"的起哄声中，灼热的液体流进喉咙里。没想到，一股寒冷彻骨的空虚感涌了上来。我做这种傻事到底是为了什么？在大家的鼓动下捉弄大津，这就是我想要的生活吗？

为了抑制不快，美津子一口气喝光杯子里的酒，向大津挑衅道："再来一杯。"

"别这样。"大津摇了摇头，"不好意思，是我不好。"

"为什么？哪里不好了？"美津子纠缠不休，"你这个人说的话可真奇怪。"

"我认输了，不好意思。"

"又是'不好意思',真扫兴！"

美津子在和自己生气，和空虚感较劲。或许大津从来没有过这种空虚的感觉。

"大津，你真的每天都会去文化之家祈祷吗？"

"不好意思，这个嘛……"大津吞吞吐吐。

"你真的信吗？"

"不好意思，"让人意外的是，大津说，"信还是不信，我也不确信。"

"不确信还成天跪着？"

"不知道是长久养成的习惯还是惰性使然，我们全家都这么做，我母亲生前是虔诚的信徒，也许是对母亲的缅怀……我也说不好为什么。"

"既然是惰性使然，那就抛弃他算了。"

"……"

"我，"美津子引诱似的注视着大津，"会让你抛弃他的。"

近藤一伙人中不知是谁小声说道："果然是摩伊赖。"这时，美津子不仅想到了摩伊赖，还想到了夏娃，她引诱了亚当后，人类从伊甸园中被永远放逐。女性有一种自我破坏的冲动和力量。

"再喝。"

"好的。"大津老实地将杯子送到嘴边。美津子知道，大津为了不扫兴，在拼命迎合。他的顺从让她更生气。

"真的抛弃神会怎么样呢？你要答应抛弃他，否则就得一直喝下去。"

对别人来说，这不过是醉酒后的恶作剧，但就美津子而言，她凭直觉知道这句玩笑将对大津产生多大影响。

"你选哪个？喝酒还是抛弃？"

"我喝。"

大津的脸一直红到耳根，或许他是那种喝了酒会难受的体质。美津子忽然想到切支丹时代强迫信徒踏绘的官差。让人背弃他信仰的神，他们从中会获得多少快感啊！

大津费力地耸肩呼吸着，喝掉了杯中三分之一的酒。突然，他起身朝洗手间跌跌撞撞地跑去。

"差不多了吧？"一群人觉得没什么意思了，向美津子央求，"那家伙也吐了，再灌他会倒的。"

"不行。"美津子赌气般摇了摇头，"要喝到他发誓为止。"

"你太残忍了。"

"不是你们让我扮摩伊赖的吗？"

"是倒是，但凡事总有个限度吧……"

终于，面色苍白的大津一手拿着廉价的白色大手帕擦嘴，一手扶着墙回来了。"请给我点儿水。"他哀求道，"我刚才吐了。"

"要水没有，酒倒是有。否则你就得遵守刚才的约定。"

大津仰起头，幽怨地看着双臂交叉、上身倚着柱子的美津子，宛如一条乞求怜悯的狗。这副模样更激发了美津子内心的冷酷。

"但是……"大津不服。

"但是？"

"就算我抛弃了神，神也不会抛弃我的。"

美津子哑然，注视着快要哭出来的大津。大津又捂着嘴巴，跌跌撞撞跑向了洗手间。

"搞什么啊，那家伙根本就不能喝嘛。"近藤一伙人像在为自己的错辩解，小声嘟囔。大津再怎么努力，气氛还是彻底冷却下来了。

"我们走吧，太没意思了。"美津子站起身。但是，有一点她心里是清楚的，那个跑向厕所的无用男人和她迄今遇到的任何人都不同。

后来，每每回想起那时的自己，美津子都会出于一种自我厌弃而下意识地将脸转向一旁。初来东京读大学的外地姑娘，拼尽全力展示自己。厌弃的同时，她也感到某种难以理解的关联。仿佛有什么看不见的东西把她和大津联结在了一起，这本来是绝不可能发生的事。

美津子他们像扔掉旧抹布那样，丢下了在厕所呕吐的大津，扬长而去，压根儿没把他放心上。直到第二天上学，看见大津孤零零地坐在学生会馆旁的长椅上，她才想起昨晚的自己有多无情。

"大津。"

此时的大津仍像一只掉进沟里的野狗，充满怨念地看着美津子。

美津子有些后悔。"昨天对不起啊，没想到你不能喝酒。"

"不好意思，你们特意邀请我，我却……"大津居然低下头，"我总是这样，想努力融入，结果却做不到，让大家扫兴。"

美津子怀着对大津的怜悯和对老好人的蔑视，在他身边坐了下来。像要看穿大津似的，美津子靠近他，小声说道："我有办法让你交到朋友。"

"什么办法？"

"很简单，别再穿哗叽校服了，傍晚也别再去文化之家跪着祈祷了。你妈妈或许是真的相信，但你并不相信那玩意儿。"

"那玩意儿……"

"我虽然笨，但也知道马克思关于宗教的看法，知道西方基督教以传教为名抢夺了不少土地，还杀过人。你却因为那种东西悬在半空，大家才会觉得你扫兴。最重要的是你自己也不自信，不是吗？"

"确实，但我也没有勇气像成濑你一样找个理由就下结论。我从小就是在那种环境下长大的……"

美津子突然觉得很无聊。为什么自己要紧挨着这个无趣的男人坐在长椅上啊，她对他一点儿都不感兴趣。

"从今天开始别去文化之家了，你要是做得到，我就让你做我其中一个男朋友。"为了打破无聊的气氛，美津子将内心如泡沫般浮起的想法脱口而出。美津子想，摩伊赖引诱一本正经的约瑟夫时，是否也像她现在一样是为了逃避某种空虚？

"听我说，"她不经意地将腿压到大津的裤子上，"从今天起别去祈祷了。"

这是把一个男子从他信仰的神明那里抢夺来的喜悦，是扭曲一个男子人生的快乐。美津子的腿压得更用力了些，她看着大津失落的表情，升起一种快感。

随后，她就跑向了上课的教室。

整个上午和下午的课堂上，她都浮想联翩，暗自发笑。午后炽热的阳光里，法国神父正在教授十七世纪文学。听着神父嘶哑的声音，她向自己并不信仰的神明发问，就像孩子们会和想象中的朋友聊天一般。

"神啊，我把那个人从你那里夺走好不好？"

这种想法将美津子从无聊的课堂上拯救了出来。满头白发的神父终于抱着教科书离开了教室，美津子怀着无法抑制的期待和好奇，马上前往了文化之家。

被爬山虎覆盖的古老建筑散发出微弱的湿气和石灰味。通往二层的楼梯又发出和上次同样的嘎吱声。

小教堂里空无一人。美津子坐到最靠里面、从门口看不到的座位上，决定只待二十分钟。她知道每隔十五分钟，楼下的大钟就会发出庄严的报时。

祈祷台上随处可见翻旧的圣歌集、祈祷书和《圣经》。美津子打了个哈欠，从中拿起大本《圣经》，随手翻开了一页。

他无佳形美容，我们看见他的时候，也无美貌使我们羡慕他。

他被藐视，被人厌弃，多受痛苦，常经忧患。

他被藐视，好像被人掩面不看的一样；我们也不尊重他。

他诚然担当我们的忧患，背负我们的痛苦。

美津子捂着嘴又打了一个哈欠，她对这些句子没有任何感觉。大津是怎么做到成天诵读这些句子，还无比笃信的？就在这时，美津子想起了大津那句充满自我厌弃的话："我总是这样，想努力融入，结果却做不到，让大家扫兴。"大津看过这一页《圣经》吗？

信号声响起，楼梯嘎吱作响，但出现的不是大津，而是穿着夏季白袍的大学神父。他在靠近祭坛的祈祷席跪下，双手合拢，没有注意到美津子。美津子像在看奇特的外星人一般，望了会儿神父的背影，又不耐烦地将视线转向了祭坛右侧瘦削的裸体男子和十字架。

"那个人不会来了，你被他抛弃了。"她朝这个自己根本不相信的丑陋男子说完后，楼下响起了钟声，十五分钟过去了。

美津子起身走出小教堂，一打开文化之家寂静的大门，社团活动的乐队练习声、体育运动的喊叫声像潮水般涌向耳边。她发现大津仍坐在刚才的长椅上，神情落寞，膝上堆着书。

"大津。"美津子像赴约的恋人般欢呼雀跃道，"你遵守了我们的约定。"

"是啊。"大津抬起头，强颜欢笑，"可是……"

"我也会遵守约定的，你是我的男朋友之一了。走！"

"走……去哪里？"

"去我住的地方。"

美津子以施虐的心情看着自己的猎物。对自己言听计从的男子，为自己抛弃神明的男子，正因为这样，让她更想欺负他。美津子一把夺过大津膝头的书，是中村元的著作。

"咦？你还读这个？"

大津慢吞吞地站起身，神情为难地跟了上来。

"不能走快点儿吗？你对佛教也感兴趣？"

"不是。哲学系的贝尔老师让我们写读书报告。"

"贝尔老师是那位坐禅的神父吧？他不是笃信欧洲文化吗？那个外国人真这样说了？"

"是的。"

"所以我讨厌他们。我们这儿的神父嘴上说了解佛教、神道教，内心却认定只有欧洲的基督教才是唯一宗教。"

读大学以来，美津子经常对还算正常的同学这样说。"还算正常的同学"是她们对这所基督教大学里未受洗的学生的称呼。

"是吗？或许吧。"怯懦的大津闪烁其词，不时看向身后。美津子意识到他在下意识地寻找着什么。

"去你那儿的人，"大津眼中闪过一丝犹豫，"只有我一个吗？"

"是啊，就你一个。近藤、田边今天都不在。"

你已经是我男朋友了——美津子刚要说出口，又吞回肚子里。这句话就像存款，要留到日后捉弄他时再用。这位先生，你已经是我的瓮中之鳖了。

打开麟町二丁目的公寓门，美津子轻轻推了一下大津的肩膀，催促道："快进去，磨蹭什么呢，把鞋脱了。"

"那就打扰了。"大津发出喘息般的声音。

"和约瑟夫一模一样。"

"约瑟夫是谁？"

"朱利安·格林的小说《摩伊赖》里的角色，和你一样，是个在女生面前会发抖、土里土气的男生。"

"第一次来，我害怕。"

"但最后约瑟夫还是被一个叫摩伊赖的女人诱惑了。"

大津斜眼盯着美津子，和他一贯赔笑的表情判若两人。"然后呢？"他咽了口唾沫，试探地问，"约瑟夫怎么样了？"

"约瑟夫，"美津子这才清楚地记起格林小说的结局，"杀了诱惑他的摩伊赖。"

她当然知道大津没有这样的勇气，因为知道，她才有快感。

"真的吗？"一阵沉默后，大津再次抬眼窥探她。

男人，归根结底都一样。美津子意识到，她对大津有一种期待，期待他和别的同学不同。他有别的男人没有的东西，关于树的梦、水的梦、火的梦、沙漠的梦。

美津子从冰箱取出一罐啤酒递给大津，故意踉踉跄跄地倒向他。大津扶住美津子，但什么都没做。"胆小鬼。"美津子的这句话让大津压抑已久的情欲一举爆发。大津呼出的气息中，夹杂着学生食堂的咖喱味。美津子被一股冲动驱使着，那是想要被蹂躏的冲动。

"等等。"她双手推开大津，"让我先洗个澡。"

和厌弃感混杂在一起的，还有蹂躏自己的快感。混着汗味的体臭、咖喱味的气息，大津第一次抚摩年轻女孩的乳房，手法笨拙。美津子上大学后接触过几个男生，像以往一样，她冷冷注视着大津的一举一动。

"你真的什么都不懂啊。"她看着大津埋在自己胸前、上下起伏的脑袋，说道。

"不好意思。"

她感到很焦躁，又意识到自己内心的冷淡。不管男友是谁，她都无法像其他女孩一样沉醉其中。

公寓里的某处传来电视台转播棒球比赛的声音。她接受大津的爱抚，但绝不允许他亲吻她，也不会和他发生实质性的关系。她还故意问："这周日你去教会吗？"

"……"

"不去吗？"

"不去了。"

她闭起眼睛忍受着大津亲吻她的胸部，继而一丝夹杂着寒意的空虚感袭来。紧闭的双眼前，浮现出文化之家祭坛上瘦削男子的丑陋裸体。

怎么样？她在心里对那个瘦削的男人说，你太弱了，我赢了。他抛弃你了吧？他抛弃了你，来到我这里。

他抛弃了你……美津子在心里说，忽然想到，自己有一天也会抛弃大津。

这时她已经知道了，从大津那里得到的快乐并非来自身体之欢，而来源于他将抛弃那个男人的事实。

很快，满足感像潮落般散去。猎物奄奄一息的瞬间，美津子狩猎的喜悦迅速冷却，直至结束。

接下来要怎么安抚他？

这时，她仿佛看到大津在一脸惊恐地哭泣。他生来一本正经，又是第一次，不会像其他男生一样，把这一切当作学生时代的游戏。《摩伊赖》里的约瑟夫就是在愤怒驱使下勒死了引诱他作恶的女孩。

"够了，停下吧。"

到了傍晚，她厌倦了，推开了还想凑过来的大津。暮色中，方才摩托车的声音、嘈杂声已归于静寂。窗外，一个少女在歌唱。

青青原中央，梦之树生长。

摇啊摇，摇啊摇，

摇着那梦之树。①

---

① 出自日本童谣《梦之树》，水谷胜作词。

美津子听到歌声，想起了自己已经逝去的遥远的少女时代。

"你回去吧。"

"我……哪里让你不高兴了吗？"

"是啊，我累了。"

大津绝不会违背她的意愿，他背对美津子，灰溜溜地穿起衣服来。看到他这副模样，美津子觉得有些可怜，于是出于情面问道："你的毕业论文题目定了吗？"

"嗯，我写现代经院哲学。"

"那是什么？"美津子忍俊不禁，刚刚还在自己胸前像少年一样恋恋不舍的男子，居然冠冕堂皇地说出这么一个题目。"那也是贝尔老师的指示吗？"

"不好意思，是的。贝尔老师认为如果不了解经院哲学，就无法理解欧洲文化。"

"那种老古董是神父们为了守护他们发霉的宗教而使用的武器。我虽然不怎么了解，但是在日本应该没有人做那种老掉牙的研究吧？"

"贝尔老师说，了解欧洲的日本人不多，所以想让我来写。"

"真是不可思议，来女孩房间的人居然会写基督教的哲学。"

在那之后，他们又度过了三个散发着腐烂无花果气息的星期天。美津子看着大津蠕动的脑袋，想着别的事，只有大津一人深陷其中，难以自拔。美津子望着房间里的月历，想着要去的地方，以及去那儿寻找的东西。她想抓住切实存在的东西，她想把握自己的人生。月历上印着日本各地的风景照，不知不觉已经到了十二月，东北地区的雪景跃然纸上。

"寒假去曼谷好了。"她没有对埋首在自己胸口的大津说，而是对自己说。

"嗯？"大津抬起头，额头汗涔涔的，唾沫弄脏了嘴角，很难看。

"你寒假在哪儿过？"

"我嘛，"大津布满血丝的双眼中浮现善意的笑容，"就待在东京，因为我家就在这里。"

"不去滑雪吗？"

"我缺乏运动细胞，不太会滑。你呢，成濑？"

"会去曼谷或关岛。"

"一个人吗？"

"当然不是，近藤他们也说要去。"

"你和近藤他们一起去？"

大津表情扭曲，显得很痛苦，美津子乐在其中。窗外又传来少女的歌声，和她第一次带大津来的傍晚一样。听着歌声，她觉得是时候抛弃大津了。

"我不能和近藤一起出去吗？"

"成濑，你喜欢他吗？"

"我谁也不属于，近藤也好，你也好。"

"你和近藤做过吗？"

"做过啊。"她挑衅地回答，"我们又不是高中生了。"

"那……"大津怯怯地试探，"你不喜欢我吗？"

"别说孩子气的话，你也尽兴了，我们到此为止吧。"

大津坐起来，用充满屈辱的眼神观察着美津子的表情。

"我本来打算……最近把你介绍给父亲和哥哥。"

"你父亲？他应该也是信徒吧？"

"但在我心里他是个好父亲，而且我想，他也会接纳你的。"

"大津，我从来没打算要和你结婚。不只是你，我没打算和现在交往的任何人结婚。"她坐直身体，斩钉截铁地宣布。

"可是，是你说让我当你男朋友……"

"我是说了，但我不可能和每一个男朋友都结婚吧？"

"太过分了！"大津提高音量，声音里有他身上少见的愤怒，"你太过分了，我真想把你杀掉！"

"你杀呀。"

约瑟夫在愤怒的支配下勒紧了摩伊赖的脖子，但大津连那样做的勇气都没有。美津子已经看穿了他。

"你走吧。"她冷静地说，"我已经不喜欢你了。"

大津一言不发，低下了头。

　　青青原中央，梦之树生长。

　　摇啊摇，摇啊摇，

摇着那梦之树。

窗外的少女还在吟唱着童谣。

"你走吧。"

大津圆润善良的面庞显得很不自然，他转过身，轻轻地穿上鞋子，又轻轻地打开门，消失了。

几天后，大津来信央求复合，美津子扫了一眼就丢进了垃圾桶。他打来电话，美津子听到是他，就默默地挂了。他等着在学校见上一面，她却也只是若无其事地寒暄一句"今天还好吗"，就在同伴的簇拥下离去了。

令老同学们惊讶的是，美津子的结婚对象是一个正经、普通的男人。

美津子常说的一句话是："消遣和结婚是两码事。"在大仓饭店的喜宴上，她和相亲认识的新郎、父母、证婚人站在金色屏风前迎来送往，受邀的朋友们一边看着一边交头接耳。

"真是个精明的女人。"

"新郎恐怕还以为她是处女吧？"

美津子的丈夫是在东京接连建起高楼的建筑商的儿子，才二十八岁就从父亲手里接过了公司董事的职位。婚宴结束后，续摊酒席也设在大仓饭店，在场的都是同样有名的权贵二代，谈论的话题无外乎高尔夫、新入手的跑车和青年商会里的事。美津子的丈夫身在其中，神采奕奕，表现得和订婚后那一小段日子完全不同，美津子只是面露微笑，在一旁听着。

订婚后不久，美津子就意识到她和面前这个将要成为她丈夫的男人性格迥异。起初，她邀请他看鲁奥的版画展、听维也纳室内乐团的演奏会，很快她就知道了，他是碍于情面答应的。

"我不行啊，看不懂画。"

一起去看森下洋子的芭蕾舞表演时，他靠在美津子身上睡着了，还发出轻微的鼾声。他的诚实坦白让美津子想起了大津。那时，美津子认真思考过：和这个男人结婚，是为了消除自己任性的冲动。

进入社会后，美津子才恍然大悟，学生时代那股想被蹂躏的冲动是多么愚蠢。她心里潜伏着某种破坏力，想在那力量成形之前，像擦干净黑板上所有的字迹那样，将其消灭殆尽。瓦格纳的歌剧、雷东的画作……这些都是激发破坏力的东西，这个男人对它们没有丝毫兴趣，甚至完全不沾边。美津子是真心希望和他结婚的，她想成为寻常的家庭主妇，行尸走肉般融入与丈夫同类的、这世间寻常的男男女女中。

"我说矢野啊，你把那辆奔驰换了吧。"续摊酒席上，朋友不停地劝说丈夫，"现在流氓才开奔驰，国产新车也有不错的。"在汽车公司上班的朋友看向美津子，"美津子，下次来试驾我们的车。"

"我不怎么懂车呢。"

"话说，"这个朋友好像突然想起了什么，"你认识一个姓大津

56

的男人吗？"

"哦，倒是有姓大津的大学同学。"美津子不动声色地答道，"如果你说的是他……"

"我姐姐和他哥哥结婚了，听说，他对一个姓成濑的姑娘念念不忘。"

"有这回事？不过我跟他不是一个系。"美津子的语气仍然很淡定，还把大家逗笑了，"我怎么不知道呢，早知道的话就不和矢野结婚了。"

矢野对大家苦笑，表情却很得意。

"没机会喽，"朋友接着说道，"那个大津为了当神父，已经去法国里昂的神学院了。"

"神父一辈子都不能接触女人吧？"不知是谁插了一句，"那人怕是要当一辈子的处男了。"

美津子低头拿起桌上的香槟杯，送到了嘴边。那个曾像婴儿一样用头摩挲她胸部的大津去神学院了，将来还要当神父。和过去一样，她将杯中的酒一饮而尽。

"美津子酒量可以啊。"矢野的朋友惊呼。

"还不错。"矢野得意地说，"连我都喝不过她，她能轻松喝下四杯干马天尼。"

"我爸爸能喝。"美津子努力转移话题，内心却想起了那天下午的文化之家，想起了小教堂里穿白袍祈祷的外国神父，想起了楼下传来的报时钟声，想起了她对祭坛十字架发出的挑衅。

"我把那个人从你那里夺走好不好？"

但不知什么时候，那个瘦弱的男人张开双臂夺回了大津。不过，赢的还是我，神只不过是出于贪婪，把我丢弃的人捡回去了。

矢野在听朋友谈论游艇，没有察觉到妻子的心理活动。看着丈夫的侧脸，美津子想象着和这个男人一起生活的场景。这样挺好，她只需要把自己藏在这张单纯快乐的脸蛋下就可以了。

在美津子的提议下，蜜月旅行只去法国。矢野去过好几次美国西海岸，想再去一次，但美津子还是执意想去法国。

"只去法国吗？"矢野有些泄气，"不去伦敦、罗马或瑞士吗？"

"我只想去法国好好看看，我已经盼好久了。"

他们住在巴黎塞纳河附近的洲际酒店，酒店是矢野喜欢的美式风格。如果让美津子选，她会选更有法式风情的老式小旅馆，这次她妥协了。

酒店离协和广场不远，可以步行到玛德莲教堂、奥赛美术馆和卢浮宫。

虽然做好了心理准备，但抵达巴黎的第二天，美津子就开始失望了。

"这是革命广场，法国大革命时，玛丽王后和国王路易十六就是在这里被送上断头台。"她兴奋地向丈夫介绍。

"是嘛。"丈夫只是礼貌地点点头，法国大革命和玛丽王后不是他关心的对象。临行前，朋友建议他去看丽都歌舞秀、买苏尔卡领带、登埃菲尔铁塔、去蒙马特的香颂酒吧，诸如此类。

在卢浮宫，他摊开日本带来的巴黎攻略，从美术馆必看的几幅画前走马观花般经过，然后满意地点点头道："这就是蒙娜丽莎啊，果然名不虚传。"

看着丈夫，美津子想到了写毕业论文时用的小说桥段，和现在的情景如出一辙。

那本小说是诺贝尔文学奖得主弗朗索瓦·莫里亚克写的《苔蕾丝·德斯盖鲁》。主人公苔蕾丝是法国波尔多附近朗德乡村一户地主家的女儿，嫁给了同乡另一户地主家的儿子贝尔纳。和当地大多数男青年不同，贝尔纳毕业于巴黎大学法律系，又和苔蕾丝家一样都信教，可谓门当户对。

举行完具有地方特色的盛大婚礼后，苔蕾丝和贝尔纳来到巴黎度蜜月，和美津子一样，苔蕾丝很快就厌倦了丈夫。

苔蕾丝的丈夫绝非坏人，他的思维方式很普通，就是一个极其普通的常人。他遵循世俗的道德和常识，小心翼翼，恪守礼节，只想平安度过一生。正因为他循规蹈矩，在他身边，苔蕾丝感到莫名的疲倦。

通过描写这对新婚夫妇度蜜月到访卢浮宫的场景，莫里亚克用冷静到几近残酷的文字刻画了贝尔纳的形象。贝尔纳一边翻看旅游指南，一边穿梭在展厅间，只看"不能错过的名画"，其中就有《蒙娜丽莎》。

"这里太大了，我累了。我不太懂画。"矢野看到一半就放弃了，在馆内的咖啡厅等妻子。

一个人看画的美津子感到一种被解放的快乐。她把自己和丈夫想象成苔蕾丝和贝尔纳。一想到毕业论文写《苔蕾丝·德斯盖鲁》而不是《摩伊赖》，她就觉得像是个可怕的预言。

　　有一天，她在酒店附近的巴黎皇家书店买到了令人怀念的典藏版《苔蕾丝·德斯盖鲁》，想起了大学时翻着字典阅读这部比格林小说更难懂的作品的日子。和大津分开后，她意识到自己的愚蠢，于是把全部精力都投入到了学习中。

　　美津子看着身旁熟睡的丈夫，把书翻到了苔蕾丝蜜月旅行那晚的地方，再次读起来。贝尔纳向苔蕾丝索爱，就像猪一头扎进食槽一样。丈夫也好，大津也好，都是如此。

　　"还没睡呢？"矢野翻了个身，迷迷糊糊地说，"别看书了，快睡吧。"

　　"好。"

　　大津成为神父了，就在我身处的这个国家，就在里昂。那个骨瘦如柴的男人接纳了被我抛弃的东西，就像小孩子捡回掉进水沟里浑身是泥、不停呻吟的小狗。

　　"我已经厌倦巴黎了。"第二天早上在酒店吃早餐时，丈夫叫苦不迭，"一天又一天，不是美术馆就是戏剧。"

　　"你想去丽都和蒙马特看歌舞表演？"

　　"还行吧，好不容易来了巴黎，就算当谈资去看看也好啊。"

　　"那怎么办，女人对那种地方没兴趣。有人能带你去逛逛男人眼中的巴黎吗？"

"有啊，公司的合作伙伴在巴黎有分公司。"

"那就请他们当一下向导吧。我不介意。"美津子放下咖啡杯，"我就去乡间转转，四五天就回来，这几天你就去想去的地方尽情玩吧。"

"你一个人？你说的乡间是什么地方？"

"有个我一直想去的地方。我晚上看的小说是我毕业论文的题目。好不容易来一趟，我想去书里的地方看看。离波尔多不远。"

"我们这趟是蜜月旅行，有四五天不在一起，有些奇怪吧？"

"不是更有意思吗？"美津子睁大眼睛，一副兴高采烈的表情，"我们各自享受这次旅行吧。你就在巴黎，吃美味的食物，看精彩的表演。"

"你说那个地方离波尔多不远，是哪里呢？"矢野还是有些不放心。

"朗德，一片遍布沙地和松林的荒野，我想去看看。"

妻子要一个人去旅行，矢野起初还有些不开心，但最后架不住她的坚持。两人说好分开旅行后，美津子感到有一种和在卢浮宫相似的、却更强烈的自由在心口扩散开来。

美津子有些自责：你还没有抛弃自己的内心，还没有打算彻底投入这个人的怀抱。她把视线从正在咀嚼食物的丈夫身上移开，心想：这是我最后一次任性了，之后我就会做一个平凡的主妇。

离开巴黎那天，天有些阴。去往波尔多的列车里还坐着一位正在织东西的老妇人、一个中年父亲和他的女儿。小女孩目不转睛地盯着美津子，然后问道："这位女士是中国人？"父亲为女儿的冒失道歉，但眼睛总是不经意地瞥向美津子双膝间摊开的《苔蕾丝·德斯盖鲁》。

虽然有些单词不记得了，但大致的情节美津子了然于心，她不费力地一页一页往后读着。贝尔纳绝非世人口中的坏丈夫，他不会缺席每周日的弥撒，从来没想过背叛妻子吧？成长于朗德这样小地方的中产家庭，他绝不可能做招人非议的事。在名声比什么都重要的法国乡村，贝尔纳堪称模范丈夫。

即便如此，和丈夫在一起，苔蕾丝还是会感到疲惫。疲惫感从蜜月旅行一直持续至回到朗德的小镇圣克莱尔。自从开始了新生活，疲惫感就像看不见的尘埃，在她心里越积越高。尤其当苔蕾丝发现自己怀孕了，又正值酷暑，她感觉身体像灌满铅一般沉重。

读到这里时，美津子抬起了头，对面的父亲慌忙把视线移向了别处。窗外，乌云间终于有了一丝阳光，列车经过褐色屋顶的农户、牛在吃草的牧场、几个有教堂的村子。

美津子突然想知道，身在巴黎的丈夫现在在做什么，但这不是思念。她注视着车窗玻璃上映出的自己，大眼睛，表情严肃。她理解苔蕾丝内心的痛苦。脑海深处有声音在歌唱，那是曾经的男朋友们的声音："以前是摩伊赖，现在是苔蕾丝。"美津子觉得自己和其他女人不一样，她没有办法真正爱上一个人。她是个像沙地般干涸的女人，一个将爱燃尽了的女人。

小女孩仍旧一脸好奇地盯着美津子。你到底想要什么？她看了眼小女孩，在心里问道。这也是她对自己提出的疑问：你到底在寻求什么？

美津子在波尔多住了一晚，第二天早上，吃了酒店提供的三明治后，她听从前台建议，坐上了开往朗贡的巴士。前台的服务员还贴心地给了她一本指南，她才知道小说里苔蕾丝居住的圣克莱尔早已没有铁路，只能转乘公交。

抵达朗贡时正值正午，阳光灿烂，人影稀少。

"这里没有铁路了吗？"美津子向一位等车的中年女士询问。

"铁路？"女士耸了耸肩，"很久以前，倒是有一条给卡车送松木用的线路，但不载客。"

于是美津子知道，载着苔蕾丝在黑暗森林里穿梭的火车，是莫里亚克虚构的。苔蕾丝穿行的不是现实中的黑暗森林，而是幽暗的人心深处。是这样吗？

是这样吧。美津子意识到，自己把丈夫留在巴黎，独自来到这里，也是为了探寻自己内心的幽暗之地。

巴士在松林环绕的道路上前行，松树像人一样矗立着，大朵蕨类植物像伞一样铺展开来。

夏天，如果天气持续晴好，干燥的树枝彼此相交，很容易引起山火，冒出的白色烟雾氤氲在太阳周围，像唱片一样。森林中偶尔可见简易的棚屋，那是捕射山鸠的男人们过夜的地方。美津子虽然是第一次来朗德乡间，但因为《苔蕾丝·德斯盖鲁》她连这些都知道。

圣克莱尔镇上像沙漠般干燥的广场上，美津子和另外几个乘客下了车。一走进广场的饭店，就迎来了正在玩闹的年轻人怯生生的目光，看来很少有东方人会来这个名不见经传的小镇游玩。美津子点了餐，要了一个房间。

"您是从日本来的吗？"女主人系着围裙，看着美津子的护照说道，"五年前也有一位日本人在这里住过，嗯，我还记得他是里昂的留学生。"

听到里昂，美津子下意识想到了大津。拿着钥匙打开房门时，一个戏谑的念头袭来：回巴黎的路上要不要顺道去趟里昂？

夕阳的光照依然强烈，美津子走在镇上，浑身汗涔涔的。苔蕾丝和贝尔纳就是手挽手经过这个广场，去附近教堂举行婚礼的。那些很想放弃的疲劳的日子，那个让妻子感觉疲惫的善良丈夫。以世俗的眼光来看，这个男人无可指摘，正因为这样，苔蕾丝才对他和自己感到焦躁。焦躁的情绪在她的意识深处不断积蓄，静静等着有一天像朗德的松林一样熊熊燃起。

那夜，摩托车的引擎声不时传来，又消失了，作者所说的拥有"大地尽头的沉默"的圣克莱尔的夜晚来临了。灯光昏暗的房间里，美津子躺在床上，睁大双眼对着天花板问自己：你真正想要的是什么？为什么一个人来了这种地方？

她拨通了巴黎酒店的电话，不是急切地想听到矢野的声音，而是害怕在朗德的黑暗中，自己也变成苔蕾丝。和矢野结婚，不就是为了消除内心的空虚吗？不就是想像矢野和朋友一样，只谈论工作、高尔夫和汽车,过正常人的生活吗?电话拨了几次都无人应答,看来丈夫在享受他的巴黎之旅,还没回去。

苔蕾丝坐上了现实中不存在的火车,进入了内心的幽暗之处。美津子也结束了没有任何意义和发现的朗德之旅,前往里昂。

下午两点,美津子抵达里昂,住进了白莱果广场对面的酒店。她询问前台服务员,里昂有没有她大学那家修道会,毫不费力地查到了地址和联系方式。蓄着胡须的服务员在城市地图上指了指富维耶区,这是里昂最古老地区的一角。美津子立刻意识到这就是她要找的地方,她和大津的母校就是由这个修道会经营的。

"大津、大津……"电话那头的男子重复了好几遍才终于想起来,"哦,奥古斯丁·大津啊!"过了许久,电话那头终于传来了大津犹疑的声音,这个声音美津子永远难以忘怀。一听到,就想起男孩圆圆的脸蛋和咖喱的气息。

"是我呀,成濑。"美津子故意用轻快的语气说道。

对面一阵沉默。

"大津,我来法国了,和丈夫一起来的。现在我一个人到了里昂,在白莱果酒店。"

"真的吗?"

"真的啊。听说你在里昂,我就打电话试试,果然是你。给你添麻烦了吗?"

"没有。"

"听说你成为神父了。"

又是一阵沉默。他不知该如何回答。

美津子仿佛看到了大津惴惴不安的样子,故意撒娇道:"那是不是就不能见像我一样的女人了?"

"没有,没有那回事。"

"我计划明天回巴黎,今晚见?"

"不好意思,晚上不行。明天上午我去普拉镇的教会大学,十一点上完课我去白莱果酒店找你。"

"你知道地址?"

"知道,在里昂很有名。"

挂断电话,美津子一边看着旅游指南,一边沿着索恩河散步。河水有些脏,水鸟在货船上飞舞。接着她去了富维耶山上复原的古罗马剧场。富维耶是里昂最古老的地区,随处可见墙皮脱落的房子,犹如长了蛀牙的嘴巴。她站在可以从山丘俯瞰街道的石阶上,眺望着阴云般灰色的里昂街道。在美津子眼中,一时兴起造访的这个城市远不及巴黎有生气,它是哀伤的。

走下台阶,美津子找到了大津所在的修道院。修道院和富维耶的其他建筑一样古老、漆黑、饱经风霜。她观察了一会儿,两三个头戴贝雷帽、身穿旧式斗篷的学生从出口出现,往坡下走去。他们像美津子无法理解的异类,而大津就生活在那些异类中。

第二天中午将近十一点半,大津如约现身了。美津子接到前台的通知,来到酒店大堂。一众穿着讲究的绅士和女士旁边,她看到了大津，他和昨晚的神学院学生一样戴着贝雷帽，裹着朴素的黑袍，就像从水沟底爬出来的野狗一样，和酒店大堂的环境格格不入。

"好久不见。"美津子招呼道。

大津露出惴惴不安的微笑，脱口而出："不好意思。"

"这身装扮……你变化不小。"

"成濑也……不好意思，已经不能这样称呼你了吧？"

"现在是矢野。叫什么都行。去走走吗？还是神学院学生不准和女人一起走？"

"没关系，我已经和修道院院长说过了。"

两人横穿白莱果广场，来到了淤泥沉积的索恩河岸边。今天的索恩河依旧阴沉，货船缓缓地逆流北上。

"说这话可能有点儿不合适，但和巴黎相比，里昂没什么活力。"

"巴黎人都这样说，说里昂很保守。"

"你会一直留在这里吗？"

"我还有两年毕业，不过我嘛，很难说能不能如期毕业。"

美津子和大津靠在河岸边的护栏上，眺望着货船和水鸟，都在避免提到往事。大津的脸藏在脏兮兮的贝雷帽下，像个羸弱的士兵。就是这张脸，曾埋在她胸间像婴儿般索爱。

"我们上学时还灌你酒了。"

"……"

"你……那个时候不是抛弃神了吗？"美津子揭开大津的伤疤，

她邪恶的心思在见到大津那张战战兢兢的脸时被触发了，"怎么又当神学院学生了？"

大津眨着眼睛，视线落在黑黑的索恩河上，河面上漂浮着像肥皂泡一样的泡沫，顺流而下。

"我也不知道，自然而然就这样了。"

"我想知道原因。"

"正因为被你抛弃，我才有些理解他被人类抛弃时感到的痛苦。"

"别说那种漂亮话。"美津子很受伤，想让大津难堪的情绪更强烈了。

"不好意思，但确实是这样的。我听到了。被你抛弃后，我魂不守舍，不知道该去哪里，也不知道要做什么。实在没办法，又去了文化之家。在我跪着的时候，我听到了。"

"听到了什么？"

"一个声音说'过来，我和你一样都被抛弃了，所以我绝不会抛弃你'。"

"是谁的声音？"

"我不知道。但那个声音确实对我说'过来'。"

"你呢？"

"我回答，'我来了'。"

美津子突然想起了午后阳光照射下的文化之家。楼下的钟声响起，空荡荡的祭坛上只有那个瘦削的男人，还有那本被遗忘的

《圣经》。翻开一页，有这样一句话。

他无佳形美容，我们看见他的时候，也无美貌使我们羡慕他。

"那么，你成了神学院学生也有我的功劳？"美津子强颜欢笑。

"没错。"大津的脸上终于露出了微笑，"自那以后我就想，神就像魔术师，化脆弱和罪恶为神奇。魔术师把一只脏兮兮的麻雀放到盒子里，盖上盖子，再把盖子打开，飞出来的是白鸽。"

"你是那只脏兮兮的麻雀？"

"嗯，不堪入目的我。如果不是被你抛弃，我不会过上现在的生活。"

"太夸张了，分手而已，有那么重大的意义吗？"

"不好意思，但对我来说就是如此。"

大津扭头看向一片带烟囱的古旧褐色屋顶。里昂著名的圣让首席大教堂黑色的尖塔如巨人般高耸。大津不认为自己在为过去的失败辩解，但不信神的美津子只觉得他这样怀旧太牵强。她唯一明白的是，这个寒酸的男人和现在的她、过去的朋友们、她的丈夫都不同，他身处与他们隔绝的世界里。

"你变了。"

"或许吧。但……不是我变了，是魔术师一样的神改变了我。"

"我说，能不提你的神吗？听起来烦透了，都没有一丝真实感。

上大学时，外国神父口中的神就和我没关系。"

"不好意思，如果你不喜欢，换一种叫法也可以。叫他番茄也行，洋葱也行。"

"对你来说洋葱是什么？以前你也说，不知道神是否存在。"

"不好意思，那时候我确实不知道，不过现在我理解了。"

"说说看。"

"与其说神存在，不如说神在发挥作用。洋葱是爱的作用的结晶。"

"更不舒服了，一本正经地用'爱'这种让人难为情的词。作用是什么意思？"

"就是说，不知不觉间，洋葱让我在某个地方被抛弃，在另一个地方活下来。"

"啧。"美津子冷笑道，"不是什么洋葱的力量，是你自己让这一切发生的。"

"不对，是洋葱超越我的意志发挥作用的结果。"

唯有这时大津的语气很果断，他看向美津子，眼神不再躲闪，和她认识的那个善良是唯一优点的懦弱男人截然不同。

"你想让我这样站到什么时候？"美津子话锋一转，"早该吃午饭了，难得我来一次里昂，我们一起去吃点儿东西吧。"

"不好意思，我是神学院学生，不了解有哪些吃饭的地方。"

"我知道，我请客，放心吧，不会再灌你酒了。"

大津就像被拉出门遛的狗，露出了天真的笑容。

走回白莱果广场的路上，只有立着路易十四铜像的广场一角有一家适合的餐厅，美津子从酒店窗户里看到过这家店。餐厅红色的墙壁上镶着镜子，餐巾纸折成一座座小金字塔模样。服务生们满脸困惑地望着大津，这个穿着脏兮兮袍子的神学院的日本学生。

磨破的袍子滴上了浓汤，一滴又一滴，大津喝得到处都是，长叹道："太美味了，好几年没吃过这么好吃的东西了。"

"你要是不选择现在的人生就好了，可以吃上这些美味的店，就连东京都多得数不清。你选这样的生活，也是洋葱起了作用吗？"

大津像孩子一样紧紧抓着勺子，只是笑笑。

"你真是个怪人。你是日本人吧？明明是日本人，却信欧洲的宗教，真让我觉得好笑。"

"成濑，你一点儿都没变。"

"没错，但我说的是真心话。"

"我不是信仰欧洲的宗教，我是……"汤汁又滴到了大津的袍子上。大津紧握勺子，像孩子般向美津子诉说："成濑，你这趟来法国，有没有觉得哪里不对劲？"

"不对劲？我才来了十天。"

"这是我来这里的第三年。三年来，我受够了这个国家的人的思考方式。对我这样一个亚洲人来说，要迎合他们的想法太累了。我无法融入，每天都很难受。我向前辈和老师说明我的困境，但他们只是教育我真理不分欧亚，还说这一切都是我的主观臆断和自卑情结作祟。关于洋葱的看法也是……"

"你还是这么没劲。好不容易一起吃顿饭，在女人面前说那些烦心事做什么？能不说了吗？"

"不好意思，但是……难得见一面，我想把三年里郁积的东西讲给你听。"

"那你继续，关于你的洋葱，想说什么就说什么吧。"

"我无法像当地人一样清楚地区分善恶，我认为善中有恶，恶里有善。正是如此，神才能变魔术，才能对我的罪恶发挥作用，将我救赎。"

大津双手握着刀叉，像被附身一般喋喋不休，脸上的表情和结束学生运动后在酒馆大放厥词的那些人没什么两样。上大学时，美津子他们是多么看不起那些人啊。

"我的想法在教会里是异端，他们指责我没有能力辨别，说神不是那样的，洋葱不是那样的。"

"既然那么复杂，放弃不就好了？"

"没那么简单。"

"别光顾着说，吃点儿东西吧，要不然服务生不敢接着上菜了。"

"不好意思。"大津老实地咀嚼起来，对一直观察他的美津子报以微笑。

"这个洋葱汤……很好喝。"

美津子想，如果和面前这个男人结婚会幸福吗？或者会比和矢野在一起更无趣？

"另外，我是信赖洋葱，不是信奉他。"

"你这样……不会被开除教籍吗？"美津子开玩笑道，"有开除教籍这一说吗？"

"修道会虽然说我有异端倾向，但还没有赶我走，不过我不能对自己撒谎，将来回到日本……"大津含着一口汤，说，"我想探究日本人心中的基督教。"

"知道了，快吃吧。"

说实话，对于大津没说完的话题，美津子有些厌倦了，像在听一个自我陶醉的人作了一曲。这个人在为一个无用的幻影浪费人生，他在一个离她很遥远的世界。美津子只知道《苔蕾丝·德斯盖鲁》中，妻子对善良的丈夫抱有无法言说的疲惫和轻微的憎恶。美津子决定将疲惫和憎恶藏到心底，和像贝尔纳的丈夫矢野共度余生。

走出餐厅，美津子像法国人一样和大津握了握手。

"不好意思，"大津颔首，"让你破费了。"

"大津，不要被开除教籍哦。"美津子打趣道，"活得聪明些！"

傍晚，美津子回到了巴黎。她从车站搭上出租车，告诉司机要去的酒店，感觉像从远方回到了故乡。朦胧的塞纳河畔，灯光掩映的巴黎圣母院，漆黑阴森的巴黎古监狱，都像阔别已久的故知。

"你这趟来法国，有没有觉得哪里不对劲？"大津的话突然浮上美津子的心头。

"没什么不对劲，可以的话我都不想回日本了。"美津子自言自语。

出租车司机叼着快燃尽的香烟，听到美津子的声音，扭头看了看她。

美津子回到酒店，不出所料，矢野还没回来。她洗了澡，化好妆等丈夫。这趟独自旅行让她有些累了，她躺在被子里看电视，不知不觉睡着了。

听到开门的声音，美津子睁开眼睛，看到了醉醺醺的矢野。

"你回来？早告诉我，我就在酒店等你了。"

"抱歉，明明是蜜月旅行，却任性了一次。"

"玩得开心吗？"

"嗯，我去了波尔多和里昂。里昂的大教堂和古罗马剧场棒极了。"美津子故意挑丈夫不感兴趣的景点说，"想去的朗德也去了，只有松林和贫穷的村庄，你恐怕连一小时都不想待。你怎么样？"

"M公司的高林带我玩了。"

"把男人眼中的巴黎玩了一遍？"

"算是吧，丽都和蒙马特都去了，不如想象中有意思。高林开玩笑说我们这样的夫妻很少见。"

矢野这么说，但并没有露出不愉快的表情。与其被妻子拉着看美术馆里看不懂的画，听根本听不懂的音乐会，倒不如跟着别人一起去"男人眼中的巴黎"尽情享乐。

尽管如此，那天晚上他像食槽里贪吃的猪一样，贪恋着美津子的肉体，和男人抱着女人时的表情——以美津子的经验来看——

如出一辙，眼睛通红，呼吸粗重。而美津子却异常冷静。无法陶醉其中的她意识到，自己本质上是一个无法爱上别人的女人。但爱又是什么呢？大津说，洋葱就是无尽的温柔与爱的结晶。

这时，那个裹着旧袍子、踩着高筒靴走在白莱果广场的大津，那个不顾及她心情只顾畅谈洋葱的大津意外浮上了心头。这个男人和只会聊高尔夫、新款汽车的丈夫一样无聊，但又和大学同学、矢野他们完全不同。

"我究竟想要什么？"

蜜月旅行期间，美津子总在思考这个问题。

四　沼田的故事

　　飞往德里的日本航空班机上开始售卖烟酒等免税品，此前乘务员还如大小姐般一脸冷漠，现在变成了百货商店的店员。沼田想给妻子买香水，但不知道买哪种好，于是向邻座的矶边打听。

　　"您了解香水吗？"

　　"香水？"矶边露出苦笑，"不太懂。"

　　"我把妻子留在家里，一个人来印度，总有些负罪感，给她买个东西让自己好受些……"沼田解释道。

　　"原来是给妻子带礼物啊？挺好的，不如问问乘务员？"

　　"您也给妻子挑点儿什么吗？"

　　"她过世了。"

　　"太抱歉了。"沼田道歉，"我不知道这件事。"

　　询问了沼田太太的年龄后，乘务员向他推荐了"大使香水"，露出职业微笑："您用日元还是美元支付？"

沼田接过香水，顾及身旁矶边的心情，悄悄把香水塞进了手提包里。矶边闭上眼睛准备入睡。他身后坐着度蜜月的三条夫妇，他们一边挑选商品，一边无所顾忌地交谈着。

"白兰地需要买两瓶吗？"

"印度不容易买到酒。"

"那我也再要一瓶香水。"

乘务员和沼田搭话："才发现，您是写童话故事的沼田老师吧？"

沼田有些难为情，沉默着点了点头。

乘务员接着说："我大学的专业是儿童文学，读过好几本您的作品。"

"儿童文学称不上，不过是些以狗和鸟为主角的故事。"

"我特别喜欢猫。"

双眼紧闭的矶边听到这些对话，心想要是妻子还在世，他一定不会去印度之类的地方。

沼田的童年是在中国大连度过的。他印象中的大连随处可见俄罗斯人留下的痕迹和在日本难以见到的砖石建筑，道路以广场为中心呈放射状铺开。路旁种着刺槐和白杨树，除了北海道以外，在日本其他地方基本没见过这两种树。居住在大连的日本人多少有些暴发户气质，言行举止低俗专横，轻视一直生活在那里的中国人。

哪怕在还只是个孩子的沼田眼里，他们居住的地方也很贫穷破败。父母曾带着他去过当地市场，那里弥漫着大蒜的气味，吊挂着猪头和拔了毛的鸡。

　　每天早上，扛着笼子的中国女人或少年会去日本人家里叫卖，笼子里有悲鸣乱窜的鹌鹑和色彩鲜艳的瓜果。他们扛着这些重物，肩膀都被压塌了一块。日本的主妇们当然会极尽所能杀低价格才买。

　　沼田的母亲从这些中国少年中雇了一个帮工。住在带烟囱的、俄罗斯风格的房屋里的日本人，有时会雇中国孩子帮忙做家务、打杂，这些孩子被称为帮工。

　　沼田家雇的帮工是个姓李的十五岁男孩。他会说一点儿日语，会笨拙地帮沼田的母亲做点儿厨房的杂事，深秋了会把煤炭送进火炉里烧。他性格温和，比沼田大六岁，每次沼田被父母责骂的时候，他会站出来拼命保护。沼田放学晚了，他出于担忧，会出门接沼田回家。

　　有一次放学回家的路上，沼田捡了一条积满眼屎、浑身是泥的流浪狗。这是一条本地土狗，毛发黝黑，舌头红得发紫。沼田的母亲嫌小狗太脏，让沼田扔了。沼田哭着哀求多留一天，请小李给小狗洗了澡，为它准备了铺好稻草的木箱子，并放到了厨房。

　　那天晚上，小狗觉得太孤单了，不停地发出哀号。沼田去厨房摸摸它的头，撞见了穿着睡衣的父亲。

　　"吵死了！"父亲很生气，"明天就给我扔了它！"

第二天，沼田在学校上课，心不在焉，满脑子都是小狗。一放学他就飞奔回家，看见小李正在院子里劈柴。小李用手指在唇间比了一下"嘘"，示意他跟着。沼田一路跟着小李来到了围墙边的炭房，黑黝黝的煤炭堆成了小山，小狗用一条绳子拴在小山后边。它看到沼田，拼命摇着小尾巴，四处撒尿。

"少爷，别告诉太太。"小李对沼田说，微笑中夹杂着狡黠和温柔，"只有少爷和我两个人知道。"

"明白。"

从那天起，炭房成了两个人的秘密基地。每天放学后，沼田就悄悄地把小李事先准备好的剩饭端给小狗吃，还给小狗起名叫"小黑"。后来小黑的眼里不再有眼屎，也能独自安静地睡觉了。小李把小黑带回院子，对沼田的母亲说："太太，那条狗回来了，不乱叫了，可以留着它了。"

沼田的母亲似乎察觉到小李在说谎，但架不住沼田三番五次地央求，最后只得同意。

大概过了半年，小李被解雇了，原因是炭房的锁开了，煤炭丢了将近一半。日本巡警来到家里，怀疑是小李偷的，还有人说曾经看到小李和其他中国少年在炭房附近聊天。

"总之，太太，只有他能随意使用钥匙。"巡警站在门口喝着茶，大声对沼田的母亲说道，"不能相信他们，就算他们看上去再稳重，背地里在图谋什么，我们都不知道。"

面对沼田父亲的诘问，小李摇头否认。沼田从屏风背后偷听到了父亲的怒喝声，看到了语无伦次、极力辩解的小李，紧张得喘不过气来。

结果，小李被沼田家赶走了，因为在大连多的是帮工和女佣，可以随时替代他。

分别的日子到了，小李的全部行李只有一个脏兮兮的小包袱。

"少爷，再见！少爷，再见！"小李离开的时候，拉开厨房的门不停对沼田说道。

这么多年过去了，沼田仍然记得小李当时那不抱任何希望的微笑。

长大后的小黑总是一个劲儿地摇尾巴。和小时候不一样，它长得圆滚滚的，沼田和朋友玩耍的时候，它就静静地卧在刺槐下等着。沼田上学和放学的路上，它总会慢悠悠地跟着。

"真讨厌学习，要是没有学校就好了。"每当沼田和小黑这样说，小黑总是一动不动地盯着他，好像望着远处。

小学三年级的秋天，沼田的父母关系恶化，准备分开生活。对沼田来说，这犹如晴天霹雳。在那之前，他从没想过父母亲有一天会不在一起生活。

晚上，醉醺醺的父亲回到家，会和母亲在客厅争吵很长时间。沼田有时能听到父亲的怒吼声和母亲的哭泣声，为了不听那些声音，他把被子拉过头顶，有时还把手指塞进耳朵，努力入睡。

那段日子，沼田感到放学回家很痛苦，太阳落山后，房间里已经有些阴冷了，他不得不目睹曾经那么开朗的母亲一个人坐在那里，若有所思地看向窗外。回家的路并不长，沼田总是慢吞吞地消磨时间，时而望着挂在蜘蛛网上的秋蝉尸体，时而用粉笔在红色的砖墙上乱涂乱画，只为了晚点儿再回家。路口传来中国人叫卖烤栗子的声音，路旁停着等着载客的马车，拉车的骡子甩着尾巴和耳朵驱赶苍蝇。沼田被这些东西吸引时，小黑就停下脚步，或用脚挠挠头，或绕着墙边嗅来嗅去，等着主人。

"我不想回家。"这些话沼田只能和小黑说。他不能把家里的事告诉学校的老师和同学，只能向小黑诉说郁积的痛苦。

"讨厌，我讨厌晚上，讨厌听到爸爸和妈妈吵架。"

小黑目不转睛地看着沼田，不知如何是好，只能轻轻地摇摇尾巴。

"没有办法，这就是人生。"小黑是这样回答的。长大后的沼田每每想起那时候，就觉得小黑开口和他说过话。

"爸爸要和妈妈分开住，我该怎么办？"

"没有办法。"

"要是我和爸爸住，会对不起妈妈。和妈妈住，又觉得对不起爸爸。"

"没有办法，这就是人生。"

对于那个时候的沼田来说，小黑理解他的哀伤，是唯一能倾听他讲话的生灵，也是他的同伴。

秋天结束了，冬天也过去了，五月到了，大连迎来了姗姗来迟的春天。母亲决定带沼田回日本。路边的刺槐开花了，白色的花蕾像极了少女的耳环，垂落在绿叶间。人行道上一驾马车正等待母子俩前往大连港。沼田的父亲沉默着躲进里屋，没有送他们。只有小黑在摇着尾巴赶虫子的骡子前面徘徊。

马车跑起来后，沼田回过头目不转睛地看着追上来的小黑。他强忍泪水，但双眼还是湿润了，为了不让母亲看到，他把脸扭向一边。马车转弯了，小黑仍紧追不舍，仿佛知道这次和沼田分开就是永别了。小黑还是因为体力不支停下了，它看着远去的沼田，眼神中不抱任何希望。小黑的身影在沼田的视线里变得越来越小，即使长大后他也忘不了小黑那时的眼神。因为小李和小黑，沼田第一次体会到了离别的滋味。

多年以后，沼田回想：那时候如果没有小黑，我也不会写童话吧？

小黑最先教会他，动物不仅可以和人类交流，它们还是能理解人类哀伤的同伴。沼田知道在这个时代，人与动物的交流只有在童话中才能实现，上大学时他就选择了童话作为毕生的职业。他喜欢描写理解孩子们哀伤的小动物——孩子们也有了人生的各种哀伤——比如小狗、小羊、小马，对了，还有小鸟。

成为童话作家后，沼田养过一种叫犀鸟的神奇鸟类。与其说是养的，不如说是附近百货商店里卖淡水鱼和小鸟的宠物店老板硬塞过来让他养的。

宠物店老板长了一张像鸟的面孔，是个有些奇怪的男人。当得知沼田是童话作家，突然开始示好，自作主张地凑齐一套鱼缸和孔雀鱼，送到了沼田家，并热心地教授他饲养小鸟的方法。

有一天，宠物店老板带着一个包袱出现在沼田面前，身后还跟着个穿工作服的年轻人。"这是我朋友，他在涩谷开店，也是卖小鸟和小动物的。最近他手头有一只犀鸟，我就和他说，沼田老师一定会感兴趣的。"

沼田不理解自己为什么会被他选为犀鸟的主人，只见老板兀自解开包袱。

用金属丝编织的鸟笼里，一只五六十厘米长的黑鸟双脚紧紧地抓着栖杠，嘴巴很大，上喙有一个犀牛角形状的红色突起，看上去就像鼻梁高挺的小丑。

"这家伙是在非洲抓到的。"店主催促朋友赶紧说话，"是吧？"

"对，这种鸟只在热带才有，脸长得很有意思。"

"长得这么古怪，沼田老师，您可以把它写到童话故事里。"

为什么老板会认为，这么罕见的鸟会成为沼田童话的主角呢？沼田的小小童话集里出现的都是孩子们熟悉的小猫小狗、小兔小猪。

"啊，不是挺好吗？我放一星期左右，你试着养一养。"无视沼田的困惑，老板和他的朋友把鸟笼留在沼田的工作室就回去了。

他们离开后，只剩下沼田和犀鸟的房间突然安静下来。寂静的空间里，长着一张小丑脸的鸟紧紧踩着栖杠，眼神看上去很迷茫。那张脸正因为滑稽，更显得伤感。

"你从哪里来？"沼田问，"真的是从非洲来的吗？"

沼田从没去过非洲，与他到过的美国和英国相比，那是个遥不可及的世界。这只生长在非洲热带雨林的小丑，知道自己被带到了完全陌生的日本吗？就连鸟也一样，拥有各自的命运。

沼田的妻子不喜欢丈夫饲养这么一只麻烦的鸟，孩子们倒是很开心。他们叫它小丑，每天都扒着鸟笼看，但没过半个月他们就看腻了，再也没靠近鸟笼。犀鸟不像金丝雀会发出可爱的啼鸣，因为空间小，它也没办法在里面自由活动，同时还会散发浓郁的臭味。

"小丑，"沼田对犀鸟说，"你在这里不受欢迎啊，要不要回到店里去？"

但是小丑毫无反应，像一只标本茫然地盯着前方，只是身体稍微挪动了一下。

一天，沼田打开笼子放小丑出来，想给这只来自遥远非洲丛林的鸟儿一点儿自由。困惑的小丑慢慢走了两步，一动不动地停在了玻璃窗边，目不转睛地凝视着窗外。

沼田开始工作，犀鸟安静地把脸朝向窗外。临近傍晚，窗外暗下来，只听到沼田写字的沙沙声。

就在这时，沼田听到一声难以名状的悲鸣。如同蜡烛突然燃尽，道出了所有悲哀，凄凄切切。是犀鸟。它的一声呼号，在沼田听来百感交集，像在说"我好寂寞"。从那时起，他与这只滑稽的小丑成了某种同伴。

从那天起，沼田和小丑建立了一种新的联系。白天，沼田把苹果切成小块，工作累了，就拿一块苹果去喂窗边的小丑。小丑伸长脖子，用大嘴灵巧地接过来。这个游戏总能给写作中的沼田一些慰藉，就像和亲密的兄弟嬉戏。

夜深人静时，家人都休息了，沼田一坐到桌子前，小丑就突然张开翅膀，飞到了桌子旁的书架顶端，俯视工作的沼田。

"你在做什么？"小丑问。

"写童话。"

"什么童话？"

"自由自在地描写小时候做的梦。童话讲的是……孩子和小狗、和像你一样的小鸟对话。小狗叫'小黑'，是它主人少年时……"

"没意思，那只是你自己的梦。看看我，离开我的伙伴，从遥远的森林被带到这个陌生的地方，成为你的慰藉。"

"或许如此，但是从小，像你这样的小鸟和小狗给了我莫大的安慰。今晚也一样，你待在这个屋子里，就给了我帮助。"

沼田不知如何向犀鸟解释，他多么希望能和所有生命建立联结。少年时代，小黑埋下的种子生根发芽，他创造了一个只在童话里实现的理想世界。在这个世界里，少年明白花的私语，理解树的对话，读懂蜜蜂、蚂蚁向各自同伴传递的信息。一条狗、一只犀鸟能理解成年的他无法言说的寂寞。

小丑无视沼田的感伤，振翅从书架顶端飞回了房间角落。沼田再朝那边看时，小丑抬着一只脚，头顶的毛微微竖起，已经睡着了……

"把房间弄得这么脏，真受不了，还在地板上拉屎。"

沼田把犀鸟放养在他的房间，让妻子很生气。夫妻俩的争吵几乎都因这只鸟而起。如妻子所说，尽管沼田经常开窗通风，家里还是弥漫着一股鸟类特有的臭味，小丑白色的鸟粪还弄脏了黑色的地毯。在一手操持家务的妻子看来，这只长相奇怪的鸟无疑是个麻烦和阻碍，就像犹太祭司眼中的耶稣。

将那只鸟比作耶稣虽然有些奇怪，沼田却有他的理由。沼田喜欢鲁奥的版画，鲁奥画中有许多像犀鸟的小丑形象，他知道鲁奥的小丑象征耶稣。彻夜创作的沼田和凝视他工作的犀鸟之间的灵魂交流，妻子是不可能理解的。步入婚姻生活后，沼田逐渐明白，不管哪对夫妇都有无法互相理解的孤独。但在黑夜的寂静中，他的孤独和这只鸟的孤独是相通的。

两个月过去了，宠物店老板自从送来犀鸟后就再也没露过面。沼田猜测，他们将这只犀鸟带到日本后一直卖不掉，同时他对犀鸟也产生了情感上的依赖。

那阵子，每到下午沼田就会低烧，还感到莫名的倦怠。他去附近的小诊所看医生，医生听到他肺部有啰音，又带他照 X 光，委婉地问他是否得过肺结核。

检查结果一出，果然如医生所说，X 光片有阴影。在出版社的介绍下，沼田去大学医院复查，被通知必须马上住院治疗，大概需要住院一年。

面对意外的检查结果，沼田和妻子都像遭遇突如其来的天灾一般狼狈，不知所措。青年时代，沼田确实患过结核，他一度以为当时唯一的气胸疗法已经治愈了那个空洞，但不知道什么时候空洞又出现了。

"那只鸟怎么办？"妻子为沼田入院做准备，正收拾东西的时候，她认真地问道，"我一个人实在照顾不了，让宠物店来取走它吧。"

妻子的话不无道理。"就这样吧。"沼田点点头。

回到书房，沼田把小丑从鸟笼里放了出来。像往常一样，小丑走到窗边，眺望着被夕阳染成酒红色的丹泽山。

"再见了。"沼田把手插入口袋，低头看着小丑说。少年时代和小黑分离的记忆重新浮上心头，那时还是孩子的沼田，因为无力反抗的事和小黑分开，这次他因为意外的疾病不得不和在深夜时抚慰自己的小丑分离。

沼田在医院一住就是两年。刚刚开发出来的抗生素起了作用，同时还接受了外科手术。但接受过气胸疗法的沼田，胸膜发生粘连，导致手术失败，再次引发了肺结核。不管是巡查病房的主治医生，还是每周带着年轻医生来一次病房的教授，都感到沼田的状况很棘手，总是一脸愁容。

哪怕生命还能延续十年或十五年，沼田也厌烦无法自由活动地活着。他和其他病友都很清楚，手术失败的患者要过行尸走肉般的生活。

"我想好了，把它切掉算了。"沼田向主治医生恳求道。

"嗯，我们倒是也考虑过……"主治医生含糊其辞，沼田的胸膜经历过两次手术又再次发生粘连，他们担心分开会引起大出血。

那段时间，沼田经常一个人爬上医院的屋顶，看着西边的晚霞。他觉得自己的样子和犀鸟一模一样。犀鸟从笼子里出来，也这样透过书房的窗户，注视着酒红色的丹泽山和群山上的晚霞。沼田终于体会到了那种深切的痛苦。

那只鸟现在在做什么呢？如果可以，他真想再次和犀鸟一起度过黑夜。在医生、护士和妻子面前强打精神，他很累了，想像过去一样，和尽管不是人类、但心灵相通的犀鸟待在一起，和鲁奥画中悲伤滑稽的小丑待在一起……

但是，这一切他都不能告诉妻子，妻子一边辛苦照顾孩子，一边操持家务，还要抽空来医院看他。他不能给妻子增添额外的负担。

有一天，沼田正在看报纸，上面有进口自海外的鸟儿的照片，他把照片给妻子看了看，若无其事地嘟囔："那只犀鸟现在在哪里呢？"

妻子当时没有答话，三四天后却提着一个大包袱来到了病房。"这个给你。"丈夫好奇地看着包袱，妻子故作轻松地对他说，"打开看看。"

沼田解开结，只见木制的方形鸟笼里，一只全身乌黑的鹩哥正惊慌失措地拍着翅膀。

"你……"沼田被妻子的贴心感动了。

"犀鸟已经不在了，凑合着和鹩哥玩儿吧。"

"我不是这个意思……"

"好啦，你想要，这点心思我还是明白的。"

沼田对妻子很愧疚。从小他就不向人，而向小狗小鸟诉说秘密，现在也是，他有个愿望，向那只犀鸟一样的鸟儿告白手术数次失败的沉闷心情。不知不觉间，妻子看穿了他的内心。

同时，他也觉得这样挺好，把烦恼告诉妻子，只会徒增她的痛苦和负担。如果对方是鸟，它们会默默承受一切。

"心情好一点儿了吗？"妻子得意地问，"好久没见你这么高兴了。"

探访结束的提示铃响起，沼田半睁着眼睛，注视着妻子拿着东西离开了病房。

鹩哥不厌其烦地在两根栖杠间跳来跳去，但一次也没叫过。看来它的店主还没教它模仿人类说"早上好""你好"。

但是晚饭后快就寝时，鹩哥发出了"哈、哈、哈"的奇妙声音，这是它第一次发声。

"哈哈、哈哈"不是这种鸟天然的叫声，沼田又想了想，意识到这是笑声。

或许这只鸟旁边有学人说话的鹩哥，而它只记住了人的笑声。

深夜，病床上的沼田看了一眼被盖着包袱皮的鸟笼，而鹩哥双脚站在栖杠上，正盯着他看。眼神和站在书架上看他写作的犀鸟一样。

"胸膜粘连能治好吗？还要做手术……"沼田和鸟儿搭话，这话他甚至没有对妻子说过。

"医生担心再动手术会大出血，但我讨厌一直躺在病床上，就算结果再糟糕也想动手术。你明白我的感受吗？"

鹩哥歪了歪头，飞到另一根栖杠上，模仿人类发出了"哈、哈、哈、哈"的笑声。

每天晚上，沼田都向鹩哥倾诉他的烦恼和后悔，就像少年时只和小黑倾诉自己的孤独。

"我不想让妻子更痛苦，所以只能告诉你……我怕死，我想活下去，写更多更好的童话。

"我担心，要是我死了，妻子和孩子怎么生活啊……该怎么办才好啊……"

说出"该怎么办才好啊"的时候，沼田觉得自己像在演戏，有些难为情，但那是他毫无虚饰的真心。

"哈、哈、哈、哈"，鹩哥的笑声既像嘲笑他软弱，又像在鼓励他。关掉病房的灯，人生的黑暗中能与他真正对话的，竟只有小狗和小鸟。沼田不知道神为何物，如果人类真诚对话的对象就是神，那么神就是小黑，是犀鸟，是这只鹩哥。

赌注般的第三次手术是在腊月进行的。那天，病房的暖气声比往常都大，早上沼田接受麻醉后被送上了担架车。被护士推着经过通往手术室的长长走廊，他看着天花板上的无影灯想：回来的时候我还活着吗？

手术进行了四小时，沼田又被推回了病房。第二天早上，麻药药效退去，他半睡半醒。鼻子里插着橡胶软管，手臂上扎着输液的针，护士偶尔进来测量血压，注射吗啡，和第二次手术结束后一样。

几天后，沼田终于恢复了一些，问陪在一旁的妻子："鹩哥呢？"

妻子吞吞吐吐道："前几天忙你的事，把鹩哥放到医院屋顶上就忘记了，想起来的时候再去看……它已经死了。"

事到如今，沼田不能指责妻子，妻子全心照顾生死未卜的丈夫，自然无暇顾及房顶的鹩哥。

"对不起。"

沼田点点头，还想看一眼鸟笼。

"鸟笼怎么办？"为了不伤及妻子的感受，他尽量问得若无其事，"一直放着会被护士说的。"

"晚上去扔？"

"扔掉太可惜了，我喜欢那个鸟笼，病好了或许可以再养一只文鸟什么的。"

一多说话，沼田胸部的伤口就疼起来。他不再说了。

傍晚，妻子把屋顶的鸟笼拿了回来。

"把它放那儿吧。"

"太脏了，我找个东西包起来。"

"不用了，那样放着就行。"

妻子去护士站了，病房里只剩下沼田，他可以好好看看鸟笼了。栖杠上和鸟笼底部还牢牢粘着鹩哥白褐色的粪便，和两片黑色羽毛粘在一起。看到羽毛，沼田真切地感到，那只每晚听他诉苦的鸟儿真的死了。突然，他想起自己对鹩哥说"该怎么办才好啊"时的声音。

"那家伙……替我死了吗？"一种近乎确信的心情，在沼田手术后的胸口热腾腾地涌上来。小狗、小鸟以及其他生物给了他太多支持。

医生们忧虑的事没有发生，情况异常顺利，堪称奇迹，连最担心的支气管检查也通过了。主治医生握着沼田的手说："您很幸运。现在可以放心了。"

"我明白。"沼田点点头，"这是五五开的赌注，发生危险的概率很大，想必你们也很为难吧。"

"其实，手术中，您的心跳曾停止过一段时间。"

沼田眼前又浮现出"哈、哈、哈"大声笑的鹩哥，还有站在书架上把他当傻瓜一样俯视的犀鸟。

五　木口的故事

飞机一离开成田机场，导游江波就睡着了，飞机餐一送来，他就大快朵颐。一旁的木口很佩服。

江波放下叉子，看着木口。"您不吃肉吗？"

"上年纪了，假牙咬不动肉，倒是越发爱吃鱼了。"

木口把视线从盘子上移开，看向舷窗外。什么也看不见，下面应该是茂密的森林。"底下是丛林吧？"

"这个嘛，"江波看了看手表，"从时间上来看可能在泰国上空了，有可能是丛林。您对丛林感兴趣吗？"

"我在缅甸丛林里打过仗。"

"这样啊？我们这一代对战争不太了解，那里战局激烈吗？"

听到江波口中的"激烈"二字，木口苦笑。江波这一代绝对无法理解那时的撤退、饥饿、每天的暴雨、绝望和疲惫。木口也不想多谈论，面对提问只能苦笑。

大雨猛烈敲击着那片树海，树海中上演着撤退、疟疾、饥饿和绝望。

那时我们就像梦游症患者一样走向死亡，木口心想。

听说印度也有雨季，不知道那里的雨季是什么样子，不过，对印度东边缅甸的雨季，木口这样的士兵深有体会，刻骨铭心。当时，木口所在的部队被英军和印度军一路追赶，从波帕山撤退抵达辛吉埃的时候，缅甸的雨季就来临了。

五月的一个早晨，气温骤降（用"骤"来形容一点儿也不过分），空气潮湿起来。直到昨天还晴好的天空突然被铅灰色的云覆盖了。雨季来临了，每天都从毛毛雨变成瓢泼大雨。

这里的暴雨和日本的梅雨截然不同。头顶树海墨绿色的叶子上先有雨落的回音，紧接着雨水就如瀑布般倾泻而下。

木口和塚田所在的部队在勃固山脉由东向西步行前进，不，不是步行，是怀着求生的意念拖着双腿前行。

所有士兵都营养不良，超过一半的人患了疟疾。军医大桥警告士兵，蒲甘平原霍乱肆虐，绝不可以喝生水，但还是有许多士兵粪便带血，分不清是痢疾还是霍乱导致的。

三天前，他们在一个小村子的村口发现一片芒果林，总算吃到一点儿食物。芒果又青又硬，士兵们像恶鬼一样又剥又啃，去掉果皮，把白色的果肉切成薄片，蘸着盐吃，这让他们想起了家乡的咸菜。军医大桥提醒他们"小心可能有氰化物"，他们还是狼吞虎咽地吃着。

许多人出现了腹痛症状，一个个不时离开队伍，去树海找地方拉肚子。黑色的粪便散发着异臭，有的人腹泻完就不动了。面对着呵斥的老兵，他们有气无力地说："我走不动了，让我死在这里吧。"不久，树海响起此起彼伏的呻吟声。

雨偶尔会停，天空放晴片刻，就到处传来小鸟的啼鸣。清脆快活的啼鸣中，夹杂着四周传来的"让我死在这里"的呻吟。

日本士兵的队伍与其说是败退的战斗兵，不如说是百鬼夜行。就算看到拄着用松枝自制的拐杖、拼命不掉队的军官，士兵们只是眼神空洞地经过。本"比命还重要"、象征无上荣光的枪和刀，士兵们也扔掉了。许多士兵腰间只挂着饭盒和手榴弹，饭盒装当天喝的"萤粥"——用热带雨林的杂草和为数不多的米熬成，手榴弹是无力动弹的情况下，用来自尽的最后工具。事实上，森林前方和后方不时传来手榴弹的爆炸声，但就算听到这些自尽的声音，衣衫褴褛、梦游般前行的其他士兵也无动于衷。

退伍后的木口再也不想回忆那段地狱般的经历了，也不想对任何人提起。即便说了，一直生活在日本的妻子和孩子们也不能理解。别说妻儿，就是在安全基地悠然等到战争结束的其他士兵也无法理解。能产生切身感受的，只有那些一起穿过树海、走过"死亡之路"（士兵们后来这样称呼）的战友。对于木口来说，塚田就是与他一起穿越地狱的重要战友。

当时木口拖着双腿，疲惫不堪，意识模糊，甚至看到身边有另一个自己也在走。

"走，往前走。"那个自己时不时呵斥快要崩溃的木口，"快走啊！"

幸存下来的木口不认为那是幻觉，确实有一个和他一模一样的自己在一旁斥责他。

当部队进入死亡之路时，木口和塚田看到了一幅可怖的景象。道路两旁，尸体堆积如山，别说尸体了，就连呼吸尚存的士兵，鼻子和嘴里也爬满了蛆虫。"请杀了我！"他们的声音不绝于耳，就像低声合唱，但谁也帮不了他们。雨一停，小鸟欢快地啼叫起来，木口他们唯一能做的就是移开视线，只在心里默念"对不起……对不起"。

就在这时，一个肋骨都露了出来的军官支起上半身，发出生命中最后一声号叫："牟田口那个浑蛋！"

牟田口是盲目下达这次作战命令的指挥官。"本次作战是我军的最大任务，希望你们怀着必胜的信念坚持到底，就算只剩一兵一卒，也要拼死战斗。"

好不容易走到了山谷的斜坡上，这里有三四户人家，居民早已逃亡了。士兵们挨家挨户拼命寻找食物，但没找到任何能吃的东西。先经过的部队早已把这里搜刮殆尽了。

一间小屋里，先遣部队遗弃了一名患病的士兵，奄奄一息等待着死亡来临。他身上盖着毯子，说明他正因疟疾浑身发冷。他靠着墙，倦怠地看了木口和塚田他们一眼，然后闭上了眼睛，连说话的力气都没有。

"被扔下了吗？"木口靠近问道。

士兵微微地点了点头，看上去连死都放弃了，完全没有求助的意念。今晚或明天，他就会因耗尽体力而咽气。

"我或许也是这般下场。"比起可怜的士兵，木口想到了可能同样悲惨的自己。这个想法恢复了他仅存的求生欲望。

"坚持下去，救援一定会来的。"塚田说了一句宽慰的话后，逃也似的和木口离开了小屋。屋内一片昏暗，患病的士兵没有任何回答。

木口担心的事情，第二天就发生了。

那天下午，木口感到一股难以言喻的寒冷如波浪般涌上背脊，不一会儿，浑身关节好像都脱落了，他掉队了，甚至连队列后边的小队都跟不上。

"塚田，"他不顾羞耻，小声对身旁的战友说，"我得疟疾了，走不动了，你走吧。"

塚田说了什么，但木口没有听清楚。"我会就这样死掉吧。"木口倒在一旁，在蒙眬的意识中想。雨透过树叶的间隙滴落到他脸上，再次睁开眼时，他看到了塚田，脸颊上的肉掉光了，脖子变细，喉结突出，满脸胡须。

"你留下来了？"木口含着泪问。塚田和他是一年前在阿恰布编组的机枪中队里成为战友的。

"嗯。"

"中队其他人呢？"

"先走了。分队长的命令是，如果能走，就去昆河会合。"

"我……实在不行了。"

"把这吃了。"

饭盒里装着萤粥。

"米从哪里来的？"

"倒下的士兵身上的。"塚田答道，"只有这些了。"

"不给他吃吗？"

"他已经没力气吃了。别想这些了，睡吧，我去找吃的。"

木口点点头，闭上了积满泪水和眼屎的眼睛。这次撤退，每个人经历着饥饿、病痛和疲劳，抛弃体力不支的战友不足为奇，否则自身难保。但是，塚田没有抛弃木口。

意识蒙眬中，木口听到了英军侦察机的轻微轰鸣声，还有日本九二式重型机枪的低沉射击声，远处的某个地方战斗还在继续。当然这也可能是他的幻觉。

清晨，树海中的鸟儿开始啼鸣，木口再次因恶寒清醒。这次他没看见塚田。果然还是被抛弃了啊，木口心想。

事后回想，木口当时的心情出奇平静，没有怨恨也没有愤怒，他知道这种状态下的自然规律。就像受伤的鸟儿和虫子会在丛林里静静死去一般，他也会在这里停止呼吸，腐烂，重归大地。

听着小鸟活力洋溢的声音，他闭上了眼睛，一切就这样结束了。就在这时，他听到枯叶上的脚步声向他靠近，是塚田。

"啊！"木口情不自禁哭了起来，边哭边说，"我以为你也回中队了……"

"吃吧。"塚田从饭盒里拿出一块黑色的东西，用筷子送到木口嘴边，"这是肉。"

"肉？哪里来的肉？"

"昨天晚上我下了山，发现一个小村子，村里没人，但有一头死牛。我烤了烤，能吃，你放心吃吧。"

"对不起。"身体虚弱的木口连喝萤粥都费劲，更别提吞下腐肉了。

"不吃会死的！"塚田生气地拿一小片塞进木口嘴里，怒吼道，"吃不下也得吃！"

但是，木口受不了那股恶臭，吐了出来。

木口至今不愿回想那次不堪的败退，也没有和任何人说起过他在战争中的经历。

然而，退伍后，木口和妻子、年幼的孩子生活在一起，不时会因情绪突袭而失控。所幸位于长野市附近温泉町的老家没有在空袭中烧毁，妻儿得以逃到那里。但是，当孩子抱怨只有杂粮米饭，没有点心时，木口就控制不住挥向孩子的拳头。妻子愕然地看着性格温和的丈夫变成这副模样。木口则一个人回到屋里，用被子蒙住头呻吟大哭。闭上眼睛，他就看到死亡之路上的尸山血海，鼻子和嘴巴里蠕动蛆虫、尚存呼吸的士兵。木口发自心底憎恨无视士兵痛苦的战争。

战争结束三年后，木口终于回到了东京。他开了一家小型运输公司，在朝鲜战争的军需行情下，公司发展得很顺利。

东京正慢慢复苏时，木口注意到地铁站台有一个男人正惊讶地盯着自己。原来是塚田。两个人都认出了彼此，像动物那样发出了"噢"的叫声，跑向对方。

那天晚上，木口和塚田辗转在好几家店里喝酒。在烤串店，塚田用不知何时学会的九州方言，说起自己寄居在九州宇土的岳父母家，在那里的国铁上班，这次是来东京出差。两人聊了很多，但绝口不提死亡之路的事。木口很理解塚田回避这个话题的心情。

"喝那么多没关系吗？"

塚田大口地灌自己，让木口有些不安。喝着喝着，塚田的眼神黯淡下来，突然沉默不语。像是为了压抑什么，他又将杯子里的酒一饮而尽。这种情况，木口似乎也能理解。

"我送你吧？"木口问道。塚田摇了摇头，离开烤串店，消失在人影稀少的涩谷站。

那是战争结束后两人第一次见面。岁月流逝，十年后，塚田写信拜托木口，帮他在东京找份工作。信中写道："拜托你帮帮曾在那条路上同甘共苦的鄙人。"木口明白塚田想通过这句话，让他想起塚田曾给倒下的他喂过萤粥，带回来过肉，隐隐感到有些不快，但还是拜托朋友给塚田找了一份公寓楼看门的工作。

塚田夫妇来到了东京，木口去东京站站台接。塚田的妻子躲在丈夫身后，一味鞠躬行礼。

"我比木口早半年入伍。在部队里，就算相差一个月，新兵和老兵的地位也完全不一样。"塚田向妻子解释道。

听到塚田故意摆架子，木口感到他的自卑，礼貌地寒暄："您丈夫……在战场上很照顾我。"塚田的妻子仍旧只是惶恐地点头致意。

和在部队时一样，塚田是个服从指令、恪尽职守的人。把他介绍给身为大楼老板的朋友，木口也很有面子。

"要说缺点嘛……"朋友苦笑着说，"他会大骂不遵守停车规定的商户和销售。"

木口解释塚田当兵时也一样。

"他太认真了。"朋友点点头，"太认真的人容易受伤啊。"

太认真的人容易受伤。搬到东京一年左右，塚田吐血了。

"实在抱歉，他昨天晚上喝得太多了。"塚田的妻子在电话那头一边抽泣着一边道歉，"他不让我和您说……他已经被救护车送去医院住院了。"

"住院？哪家医院？"

塚田来东京后，木口请他去酒馆喝过两三次，那时木口就劝他别喝这么猛。

"打完仗，又不像你在社会上风风光光的，我只有喝酒的时候能高兴点儿，你能明白吗？"

塚田这么一说，木口想起一起经历过那个凄惨的地狱，便不再多说。

木口赶到医院，塚田的妻子正在电梯口等他。她告诉木口，塚田吐血吐得厉害，在厕所昏倒了，后来被送进重症监护室，现在睡着了。

"那是胃出血，真要是癌症反而吐不出这么多血呢。"

不明所以的妻子最担心塚田得了胃癌，木口安慰了她，独自去见主治医生。

"现在还没办法做检查，就触诊的情况来看，他腹部右侧有个瘤状物，可能是肝硬化导致的食道静脉瘤。"走廊的角落里，主治医生低声对木口说，"听他太太说，他还在喝酒。"

"嗯。"面对这个朴素的中年医生，木口很想将话一吐为快，"他喝得都快酒精中毒了。"

"有什么心理方面的原因，让他必须不停喝酒吗？"

"心理方面的原因？"

"比如说，"医生看了一眼手中的病历本，"家庭不和，工作不顺。"

"应该没有……"

"如果有心理原因，接受肝脏治疗的同时，最好也去看看心理医生，这样才有可能治好酒精上瘾的问题。"

"我问问。我们在战时是关系最好的战友。"

"哦，战友啊。"

此前，木口有个模糊的想法，经过走廊上的交谈得到了印证。但究竟是什么让塚田眼神黯淡、沉溺酒精呢？没有人知道。木口往重症监护室走去，打算去找塚田的妻子。一个戴眼镜的矮个子外国男青年推着一位坐轮椅的老人与木口擦肩而过。男青年在用蹩脚的日语逗老人开心，他的脸像马一样长，让木口想到年轻时看的默片演员。对，他长得很像费南代尔。

五天后，木口再次来医院探望，塚田刚从重症监护室转到普通病房。房间很大，阳光洒在窗边的病床上，塚田穿着褪色的病号服，前襟敞开着，他的妻子正在给他擦拭后背。塚田锁骨突出，整个人也瘦了很多。据说肝硬化会让人疾速减重，看来是真的。

"是木口啊，对不住，对不住。"塚田盘腿坐着，手放在双膝上频频点头，"你好不容易帮我找了工作，我却弄成这样……再住一个月院就好了，医生说切了我一点儿肝，已经没事了，没事了。"

"以后可不准喝酒了。"木口装出严肃的表情，"你的病就是因为酒喝得太多，以后一滴也不能碰了。"

"那可做不到，要是不让我喝酒，活着还有什么劲嘛。"

"你去问问医生，你要是再喝酒，命都会没的。"

眼看着塚田越来越不高兴了，他恶狠狠地甩开妻子正给他擦拭肩膀的手，不耐烦地说"够了"，躺下来用毯子遮住了半边脸。

"你太失礼了，木口专程来看你。"妻子责备道。

塚田没有回应。

这时，长着马脸的外国男青年进来了。他上身穿着医生的白罩衣，下身穿着天蓝色的围裙。

"加斯顿，你今天很忙啊。"其他病人招呼他。

"啊，太忙了。有许多工作，两只手根本不够用。"这个名字古怪的加斯顿夸张地撑开双手说道。

把厨房里的食物分发给患者是他的工作之一，不同患者的餐食也不同。

"塚……塚田先生。"加斯顿看着卡片上的罗马字，来到塚田的病床前，"塚田先生，这是您的。"他一脸笑意，把盛着粥和汤的餐盆递到塚田妻子手里。"茶很快就来。"

加斯顿正要离开病房，一个患者又对他说道："别摔倒啊，加斯顿，你总是笨手笨脚的。"

"听说你还让老婆偷偷给你带酒？医生的话你不知道吗？"

面对木口的说教，塚田把头扭向一边，固执地不吭声。

"你再这样喝下去，食道静脉瘤会破裂，要人命的。我知道你不容易，但酒是绝对不能再喝了。"

塚田一脸不高兴，继续沉默了一会儿，破罐破摔地说："你别管我了，死就死吧。"

"说什么呢？既然如此，打仗的时候为什么要活下来？"

"你是不会明白的。"

"你戒不了酒的事吗？有什么原因让你必须喝吗？说来听听啊。"

"够了。"塚田把头转向墙壁，没有再回答。

木口不再劝塚田，离开病房找到了主治医生。

"他死撑着不肯说理由。"

"果然是这样啊。"

"他现在的病情怎么样了？"

"正如我们担心的那样，他体内有食道静脉瘤，以后很可能会再次吐血，吐得厉害。"

"再吐血，是不是就危在旦夕了？"

"这种可能性不能说没有。"

木口心情沉闷地望着诊疗室的窗户。一想到在死亡之路上被蛆虫蚕食的死去的士兵，他就觉得自己和塚田如今不过在苟且偷生。即便如此，他现在能活着，也全靠战友塚田没有抛弃濒死的他。不管怎样都要帮塚田，他想。

木口每周来医院看塚田一两次，加斯顿有时会用零星的日语和塚田聊天。这个年轻人在涩谷的贝立兹外语学校工作，不上班的时候就来医院当志愿者。这个男孩子性格随和，似乎不擅运动，笨手笨脚。病人们都很喜欢他，塚田也只对他展露笑容。

"这家医院里，孩子爸爸只喜欢加斯顿。"塚田的妻子像在透露什么重大秘密，"这么说对其他医生和护士不好，但他确实说不喜欢他们。"

"那个小伙子很了不起。"塚田告诉木口,"别看他是外国人,帮病人端尿壶和便盆却面不改色。我本来以为他是为了挣钱,结果听护士说,他在这里干活,一分钱也不挣。"

"他是志愿者啊。"

"他做得挺好。"

木口发现塚田很喜欢加斯顿,是在一次探病时。

"我问他是不是在自己国家混不下去才来日本,他没吭声。对了,我还给了他点心,结果他做了这样的动作才吃。"

"不稀奇,那是在画十字,信徒祈祷时的动作。"

"我也恢复得差不多了,想回家了。"

"如果回家又喝酒,还是留在这里好。你不答应戒酒,就不能出院。"

"别人不能决定我的事,不管谁说什么,我都要出院!"

"然后继续喝酒吗?我作为战友求你呢?"

塚田又将身体扭向墙壁,沉默了。

木口注视着塚田嶙峋的后背许久,低声说:"我走了。"

木口心头产生一阵苦涩的心情,涌起想放弃的念头,感到说不出的落寞。他起身正要离开,身后响起塚田微弱的声音。

"等等。对不起木口,别生气。"

"我没生气,只是考虑到你的健康,才这么啰唆。"

"我喝酒是因为……我喝酒是因为……我把原因告诉你。"

木口坐到塚田身旁,塚田苍老的眼里流下泪水,落在瘦削的面颊上。

"你说吧。"

"那时……我们被英军和印军追得只顾逃命，你那时动不了，我就想，不管怎样都要把你带回大部队。"

"我一直心怀感恩，从来没有忘记过，所以现在我要报恩。"

"你身体虚弱，我想给你带些吃的，但什么也没有。只能把快死的士兵手里攥着的那点儿米拿来，熬了一些粥。"

"那件事我也记得，你没有抛弃我。"

"第二天我也饿得不行，想着不吃点儿东西就会跟你一样。我踢开爬满蛆虫的尸体，看看能不能找到点儿吃的，但是……什么也没找到。突然远处传来爆炸声，我赶紧躲进树海，那时我听到了耳边苍蝇的嗡嗡声，看到一条腿滚了过来，绑腿上都是泥。你知道，那是掉队的士兵用手榴弹自杀后飞过来的一条腿。"

塚田不谈关键，不断回忆木口知道也不愿想起的情形。走廊传来护士爽朗的笑声，塚田空洞地盯着天花板，只有嘴动个不停。

"我看到一间小屋。"

木口痛苦地想起沿死亡之路零星分布的印度人和缅甸人的小屋。地板高高支起，与破旧的木梯连在一起。也是在这种小屋里，体力不支的日本士兵靠着墙，垂落着脑袋，在一摊粪便中等死。

木口在等塚田说出来。他察觉到每次接近核心，塚田就慌忙逃脱的痛苦内心，也隐约猜到他想说但说不出口的是什么。

"苍蝇嗡嗡地叫，几只金蝇停在用草堆成的墙壁上。你还记得吧？缅甸的苍蝇比日本的大多了。"

"算了。"木口听够了，"算了，如果痛苦就别说了。"

"我要说。"

木口闭上眼睛，和塚田一起忍受痛苦。

"我在那间小屋里休息了一会儿，突然听到有声音，两个士兵走了进来。我不认识他们，问他们有没有吃的，他们笑着说这时候了，怎么可能有。但他又自言自语地说，花十日元可以和缅甸人买蜥蜴肉。我递给他们十日元，离开了小屋。"

木口清晰地想起了那时的情形。"你不吃会死的！"塚田的声音很强硬。

"但那时我很虚弱，胃接受不了。"

"你吐了出来，没有吃。你没有吃，但那块肉我吃了，要是不吃，我们都会倒下。"

隐约的不安像火山喷出的黑烟一样扩散开来。

"我吃的肉……是上等兵南川的。南川，你还记得吗？"

木口心底浮现出同一个内务班的南川的面容。南川是个学生兵，用绳子代替坏了的眼镜腿挂在耳朵上，出征前刚和年轻的妻子完婚，他还给塚田和木口看过妻子给他写的信。

"你怎么知道……是南川的？"

"包肉的纸是南川一直带在身上的他老婆写的信。"

"你以为是蜥蜴肉才吃的。"木口感到自己的话很无力，只是一句空话。

"退伍后，我把弄脏了的信交还给了南川的遗属，多少想表达一些歉意。大概过了两个月，他老婆带着孩子去宇土找我了。"

"还去了宇土？"

"嗯。是个男孩，他老婆说是南川的遗腹子。那个孩子的眼睛和南川一模一样，他一直盯着我看。"

"……"

"你记得吗？南川那双胆小怕事的眼睛，他总喜欢戴着绳子挂耳的眼镜，窥察老兵的脸色。那孩子就是用那种眼神看着我。"

"……"

"那双眼睛至今难忘，就像是南川……一辈子都用那双眼睛盯着我，只有喝醉酒才能躲开。"

塚田边说边用毛巾捂着嘴呜咽起来。木口把手放在塚田肩膀上，感到他微微的颤抖。虽然隔壁床位没有人，但呜咽声可能传去其他患者的耳朵里。木口眼睛湿润，病房窗外灰色的天空中，三只鸟排成三角形飞过。木口觉得，这些鸟要告诉他人生的某种深意。

这一天塚田可能情绪波动太大，傍晚开始便血。这说明塚田的食道或胃部有出血点。

几天后，内窥镜检查出结果了。

"医生找不到出血点，也很困惑。"塚田的妻子心里没底，给木口打了电话。

从那以后，便血时有发生。木口总觉得是他强迫塚田说出原因，导致了现在的局面，所以尽可能利用工作的间隙去医院探望。

外国志愿者加斯顿经常坐在塚田床边。

"塚田先生给我讲了石头的故事。"加斯顿开心地说。

"石头的故事？"

"塚田先生去河里找形状像富士山的石头。"

"我跟这个外国人讲了讲盆景，他们不懂盆景这种高雅的东西。"塚田似乎忘记了便血带来的不安，这让人放心了不少。

总之，不知不觉中，这个脸长长的外国年轻人和塚田亲密起来。

"这个小伙子身上，有一点我不喜欢。"塚田又摆出一贯高高在上的样子，数落着，"他一本正经地说，这个世界有神存在。"

"嗯。"

"神在哪儿呢？给我看看啊。"

"就在塚田先生心里。"

"我的心里？"

"对。"

"真搞不明白，现在还有说这种蠢话的人，火箭都飞上月球了。"

加斯顿耸耸肩笑了，他送配餐，知道塚田的病情不乐观。一度恢复到普通餐食，又变成流食了。被病人调侃嘲笑，至少能让他们感到些许安慰，木口察觉到加斯顿的心情，这些安慰如同冬天透出云缝的微弱阳光。即便如此，加斯顿还是每天给痛苦的病人们解闷，他在这家医院扮演的角色就是马戏团里的小丑。

便血止住了，塚田终于舒展了愁眉。木口把塚田说的，部分转告了主治医生，隐去了南川的名字，只说塚田吃了敌军的肉。

"是吗？您和塚田先生都去过缅甸？真是不容易。我当时是被疏散的孩子，日本也粮食紧缺。"

"不是一个概念！"木口的声音中带着无法抑制的愤怒。退伍后他也经历过粮食紧缺，也听家人说过，但那怎么能和死亡之路相提并论呢？

树皮、土里的虫子……什么都吃，没有任何食物的饥饿，和配给有限但总有米吃的饥饿，根本不是一回事。

木口深切地感觉到自己这一代和主治医生这一代的鸿沟。不管是主治医生还是心理医生，恐怕都无法明白塚田内心的苦楚。

"我觉得不能再刺激他了。"

"刺激？"

"要他把藏好的秘密说出来并不合适，这也是他便血的原因。"

"或许是吧，再观察观察。"

"他住院以来没再喝酒，能养成不喝酒的习惯就挺好。"

医生指尖拨弄着圆珠笔，似懂非懂地点点头。毕竟，食道静脉瘤在当时没有治疗对策。

让人担心的事情终于还是发生了。塚田第二次大吐血是在一个星期六。木口接到紧急通知，赶到医院时，塚田已经得到安置，从大病房转到了单间病房。护士匆忙出入病房，阴郁的气氛一直弥漫到走廊上，像弓弦绷得紧紧的。

塚田嘴里塞着一根气球形状的气囊管，痛苦地呻吟着，地板上残留着他吐的血迹。

"那时是加斯顿把他抱起来，加斯顿的衣服上也有他吐的血，加斯顿……"塚田的妻子手足无措，反复对木口说些无关紧要的话。

"暂时控制住了，但还没度过危险期。"主治医生看上去疲惫不堪，从病房门后对木口低声说。

五天后，血终于止住了，塚田口中的气囊管拔掉了。

塚田似乎预感到了死亡。"一次次，真是麻烦你了。"他语气平和，一反常态，"对不起。"

塚田也对妻子说了些什么，木口在走廊上能听到她的啜泣声。经过塚田病房的病人，都不安地看着门口的注射器械和氧气罐。

"他说想见见加斯顿。"塚田夫妇说完话后，妻子肿着双眼对木口说，"说了好几次。"

"想见加斯顿？"

"嗯。"

那天加斯顿在贝立兹外语学校上课，没来医院。

"加斯顿呢？"塚田也问了木口好几次，"我有事想问他。"

加斯顿接到电话抵达医院时，已经傍晚六点多了，病人都已吃过晚餐。病房内外，紧张的气氛都还没消失。得到护士站的许可，加斯顿小心翼翼地推开了病房的门。

"塚田先生，我为您祈祷，我为您祈祷。"加斯顿双手交叉在胸前，大大的马脸露出悲伤的表情。这个笨拙的年轻人不知道从哪里学到，口头的安慰和病人不相信的鼓励，只会让他们更加孤独。他穿着西装跪在地板上。

"木口，"塚田叫住正要离开病房的木口，"你也帮我听听吧。"

塚田的声音有点儿喘。

"加斯顿，你说的神……真的存在吗？"

"是的。"加斯顿和往常一样慢吞吞地说，"塚田先生，我没骗您，是真的。"

"加斯顿，我……以前战争的时候……做了过分的事。一想到就痛苦，真的好痛苦。"

"没关系的，没关系。"

"再恶劣的事都没关系吗……"

"是的。"

"加斯顿，我……战争的时候……"塚田气喘吁吁地说，"在缅甸吃了……死去士兵的肉。什么吃的都没有，不吃就活不下去。像我这样堕入饿鬼道的人，你的神会宽恕吗？"

塚田的妻子低头听着他的告白，轻声说："孩子爸爸，孩子爸爸……长久以来，很痛苦吧。"她已经知道了丈夫的秘密。

加斯顿闭上眼睛一言不发，像修道士孤独地独自祈祷，当他睁开眼睛时，滑稽的长脸上出现了木口从未见过的严肃神情："塚田先生，吃人肉的不止您一个人。"

木口和塚田的妻子听得一脸茫然。加斯顿说出蹩脚的日语。

"塚田先生，四五年前有一则新闻，一架飞机坏了，掉进安第斯山，您知道吗？飞机撞山了，很多人受伤。安第斯山很冷，他们等着救援，等到第六天，没有食物了。"

木口想起，四五年前，确实在报纸或电视上看过阿根廷飞机在安第斯山坠机的新闻。新闻照片记录下救援队和幸存者的身影，他们身后是一架烧毁的飞机，像水中的倒影一般模糊不清。

"那架飞机上有一个男人，和塚田先生一样，很爱喝酒，在飞机上也喝酒，醉倒了。飞机发生故障，撞上安第斯山的时候，他的腰和胸被撞击，受伤很严重。"

加斯顿断断续续的句子总结起来大体如下。

那名男乘客对照顾了他三天的幸存者们说："大家都没有吃的了吧？我是快要死的人了，我死后大家把我吃掉吧，就算吃不下也要吃，一定会有人来救你们的。"

木口隐约记得这一段，这是幸存者在受困七十二天后，被救出时对外界坦白的。他们能奇迹生还，是因为吃了死人的肉。

"是死去的人生前让我们这样做的。"一个幸存者这样说道。

木口从缅甸丛林死里逃生，对这则新闻感同身受，也记忆犹新。

"活着从安第斯山回家，大家都很开心。死者家属也很欣慰。没有人因为大家吃了人肉而生气。那个醉酒男人的妻子说，她丈夫终于做了一件好事。在那之前，他们镇上的人都说她丈夫的坏话，但那件事之后就不说了。我相信他去了天堂。"

加斯顿用上他掌握的所有日语，一字一句磕磕绊绊地安慰塚田。那以后，加斯顿每天都会来病房看望塚田，双掌包裹他的手，和他说话，给他鼓励。木口不知道加斯顿这样做是否减轻了塚田的痛苦，减轻了多少。至少，跪在床边的加斯顿就像一根弯头钉子，努力让自己和塚田内心的曲折重叠，来分担他的痛苦。

两天后，塚田停止了呼吸，面容出奇安详。不过遗容最后都会归于平和。"孩子爸爸好像睡着了。"塚田的妻子低语。木口忍不住想，是加斯顿用面容安详的死亡面具吸纳了塚田内心的所有苦难。

说起来，塚田临终的时候加斯顿并不在场，连护士都不知道他去了哪里。

六　河畔小镇

　　傍晚走出阿拉哈巴德机场后，温暖湿润的风迎面吹来。空气里混杂着日本乡下都已消失的泥土和树木的气息。木口一闻到，就想起驻扎缅甸时的那个小镇。

　　树荫下的四五个出租车司机看见日本游客，蜂拥上来，缠着会说印地语的江波不放。得知这群日本游客已经预约了旅行大巴，他们又鄙夷地朝地上吐唾沫，作鸟兽散了。

稍远处有一群瘦弱的孩子，一直观察着这边的动静，伸出手喊"给点儿钱吧"。此前在德里老城区逛街时，他们遇到过好几次这样的孩子，哀求的表情和动作其实是精湛的演技。江波说过，如果给其中一个人钱，就会一直被其他孩子缠着，所以这次大家都视若无睹，避免与孩子眼神接触，只盯着大巴驶来的方向。

"这个国家真离谱。"来度蜜月的年轻人三条立志成为摄影师，不高兴地用手帕捂着嘴，对妻子说，"大人居然让孩子当乞丐，还若无其事地看着。"说着，他旁若无人地抚摩起妻子的手来。

这时，一辆车身褪了色的大巴——在日本称得上是报废车辆了——扬着尘土开进了广场。

"要坐这辆车？"三条的妻子看着丈夫，难掩嫌弃的表情，"所以我才一直说去欧洲。"

"欧洲那种地方什么时候都可以去。樋口说印度挺好的，要摄影只能来印度，你记得吧？"

木口对身后这对夫妇心生不悦，他们对战争后面目全非的日本一无所知。那时，日本也有孩子追着围着美国大兵，索要口香糖和巧克力。这对年轻夫妇完全不了解饥饿和贫穷是何滋味，还在飞机上卿卿我我，勾肩搭背。要是一同经历过缅甸丛林悲惨撤退的战友在这里，一定会把他们痛揍一顿。

大巴车座和垫子都像患了象皮病一般皲裂不堪，连车门把手也是坏的，司机用绳子牢牢捆上了。

"我早说，"三条的妻子坐在车尾，又哭诉起来，"就该去德国童话街。"

其他日本人对她的哭闹充耳不闻，大巴颠簸着行驶起来。

正是农夫赶着瘦削的牛、黑色的羊回圈的时候。悬空的赤裸灯泡下，有瓶子里装满各色香料、挂着干辣椒的香料店，有店主脚踩老式缝纫机踏板的西服店。这个小镇和新德里截然不同，暮色中，荡漾着难言的哀愁，大家像逛庙会的少年，目不转睛地眺望眼前的光景。

"各位，"副驾驶上的江波用麦克风说，"这就是典型的印度田园的黄昏景象。牛横卧着，人们在旁边喝茶。茶里加的牛奶，就是从横卧着的牛身上挤出来的。"

"真好啊，好久没见到这番景象了。"江波后座的沼田由衷地感慨，"日本也有过动物和人一起生活的时候。"

"对了，沼田先生就是来印度看动物和鸟儿的。"江波点点头，"印度有特别多鸟类保护区、动物保护区，我们现在走这条路应该就会经过，虽然规模不大。"

"离保护区还有多远呢？"

"等到了饭店，"江波说，"可以看到动物保护区地图，附近的保护区也有标记。总之印度有四百多个这样的地方呢。"

"江波先生为什么来印度留学呢？"

"我对这个地方很着迷。来印度的游客分两种，只要来一次就彻底讨厌这里，以及无论来多少次都想再来。我属于后者。"他回头看了一眼三条夫妇，避开麦克风小声说，"三条夫妇绝对属于前者。"

村子上方的天空中，夕阳宛如浆果渐渐落下。临近傍晚，窗外吹来的暖风，已变成混杂着树木和泥土气息的凉风了。

"这个季节，北印度一到夜里气温就会急速下降。"江波把麦克风抵在嘴边，"如果随身带有外套和披肩，现在可以用上了。我们即将路过亚穆纳河和恒河的交汇处，大家可以好好看看。两河交汇处被印度教称为圣地，每年一、二月份会举行壶节庙会，几十万朝圣者在河岸搭起帐篷露营，在河里沐浴。别看窗外现在什么都没有，到了那天，河岸上人山人海，印度教徒比肩接踵，入河沐浴。"

"河水干净吗？"有人问道。原来是为了显示自己存在的三条。

"以日本人的眼光看，即使是恭维，也不敢说是清流。恒河是黄色的，亚穆纳河是灰色的，两河混合后颜色像奶茶一样。但在这个国家，美丽和神圣是两回事。对印度人来说，河水是神圣的，所以他们会在河里沐浴。"

"和日本用河水清洗身体，冲刷罪恶一样吗？"三条又发出高亢的声音。

"不一样。恒河沐浴除了净化，还是祈祷，祈祷从轮回转世中解脱。"

"都这个年代了还相信轮回和转世吗？"三条做作地说，"印度人是当真的吗？"

“当然是真的。不行吗？”

这一刻江波不是导游，只是对三条这样轻视、嘲笑印度的游客表达不满。江波突然展现出来的留学生的认真劲，让美津子对他产生了好感。恐怕他的导游生涯中，听过太多像三条这样的日本游客提出对印度教充满不敬的问题了。

“如果不是真的相信，为什么有数十万人聚集在这片河岸？下一站瓦拉纳西，我们会看到每天都有人把身体浸泡在有骨灰倒入的恒河里，用恒河水漱口。”

“太脏了！”三条的妻子发出惊呼。

“不脏。”江波生气了，“如果觉得印度脏，就应该选择愉快的欧洲之旅，既然选择来印度……就请进入这个和欧洲、日本完全不同的世界。不，应该说，我们即将进入已被忘记的另一个世界。希望你们怀着这样的心情在印度旅行。当然了，这只是我个人的看法……”

一直展现出职业素养的亲切的江波，突然露出留学时代较真的一面，包括三条夫妇在内的所有人都沉默了。江波意识到了，向大家道歉：“抱歉，身为导游我不该这么说。”薄暮时分的森林陷入黑暗，大巴从中驶过，车上的乘客看着窗外，默默沉浸在各自的思绪中。

两侧似乎是幽深的榕树林，看不见任何灯光和其他东西。大巴里亮起的昏暗灯光下，大家的面孔隐约映在车窗上。矶边听完江波的话，越发觉得自己进入了转世的国度。他并不是真的相信转世，但脑海深处仍能听到妻子临终的谵言："我……一定会……转世的，在这个世界的某个地方。要……找到我，答应我、答应我。"

矶边看着车窗上自己疲倦苍老的脸，黑发中白发丛生，脸上老年斑点点。他有日本丈夫的通病，面对妻子的临终遗言，羞于好好给出回应。就算如此，妻子也一定知道他来参加这次印度之旅了。我就是为了这个来的，他默默地想，摸了摸胸前口袋里从美国寄来的信。

美津子一动也不动，凝视着窗外浓重的黑暗，像黑暗反复叠加。她想：这就是佛教所说的"无明"吧，迄今为止自己是否见过这样的黑暗，江波说我们"即将进入另一个世界"，苔蕾丝·德斯盖鲁也这样自言自语过。美津子和丈夫分开旅行的、在朗德森林的夜晚，她一边想着探索内心隐秘之处的苔蕾丝，一边琢磨着给善良的丈夫投毒时苔蕾丝不可思议的心境。她美津子也一样……

她想起了大津。同学聚会时，大家都在聊有关公司和孩子的话题，不知谁无意间提到了大津，说他在瓦拉纳西生活。

木口从刚才开始就一直目不转睛地看着森林。森林遮住了月亮和星星，覆盖了天空。他想着缅甸的往事：丛林里，被英国士兵和廓尔喀士兵穷追不舍，全线败退。

"沼田先生，"江波转向后座，"这一带就是一个鸟类保护区，左右两边都是森林。"

穿进漆黑的树丛隧道，突然远方出现了一丝光亮，像濒死体验者在黑暗隧道里看到的光。在黑暗的远处，萤火一样的光亮逐渐大了起来。

"大家辛苦了。"江波调整了一下坐姿，把麦克风放到嘴边，"我们终于能远远地看到瓦拉纳西的灯火了。"

大家把脸凑到窗户上，自从下飞机，他们已经坐了三小时大巴了，以各自的方式踏入了江波口中的"另一个世界"。成濑美津子代入了苔蕾丝·德斯盖鲁的暗夜之旅，木口回味着缅甸丛林里的凄惨逃亡之旅，而矶边则听到了妻子在耳畔的声音。

星星点点的灯光逐渐延展，反射在天空中。美津子感到，那些灯火中，有一盏属于生活方式和自己完全不同的大津。为什么一直特别在意大津呢？美津子自己也不明白。大津像是挂在蜘蛛网上的虫子，悬在美津子心头。她无数次对自己说："不必见他，即便去了瓦拉纳西，我也不会去找那个人。"

美津子身后的矶边突然想起和妻子共度的某一夜。那天他下班回家，洗了澡，正悠闲地就着小锅炖豆腐喝酒。

"你吃日本食物的时候……看着可真香啊。"妻子把小碟子递到他面前，笑道，"在美国独自生活时，你是怎么过的？"

"大学时英语说得不错。年轻时觉得威士忌好喝，老了反而爱喝日本酒了。"

"你骨子里就是个彻头彻尾的日本人。"

"对了，要是我先死，给我墓前洒些日本酒。味道不烈我可不喜欢。"

这段已被忘记的对话，伴随着痛苦在矶边心口复苏。

喂，快看，我……一把年纪，吃不惯外国饭，却来印度了。

矶边用右手按了按上衣袋里的信，像检查护照一样，确认它还在。这是弗吉尼亚大学寄来的第二封信，他已经读过无数次了。他就是因为这封信才来印度的，信上有好心给矶边回信的研究人员约翰·奥西斯的签名。

　　如果我没记错，您曾拜托我们，研究对象中一有人自称前世是日本人，就联系您。很遗憾，除了先前提到的缅甸中部那·兹鲁村的女孩玛·蒂恩·阿汶·米约（她自称前世被格鲁曼战机射中过），我们研究所没有发现其他案例。不过，两个月前，北印度报告了一个案例，卡姆罗治村有个女孩宣称前世是日本人。因为她在四岁时才对哥哥姐姐说，不满足我们三岁以内、拥有前世记忆的条件，所以我们把她排除了。考虑到她可能是您要找的人，我给您写下这封信。她的名字是"拉吉尼·普尼拉"，住在卡姆罗治村，离恒河边的瓦拉纳西不远……

路不好，大巴摇摇晃晃的。可能下过雨，到处都是亮闪闪的水洼。喧闹声越来越近，大巴两侧出现了人力车和汽车，还能看到在印度乡村到处徘徊的瘦削的牛，以及棚屋一样的店铺。挂在树上的灯泡摇摇晃晃，男人们喝着茶。大巴没有往镇中心开，绕道向阿格拉军营火车站北面而去。

终于可以看见茂密树林环绕下的像庄园般的建筑了，这是巴黎饭店，从今晚开始，这些日本人就要在这里住下。

饭店门口跑出来两个服务生，白色立领已被洗得很旧了。一行人从德里长途跋涉到饭店，个个累得瘫坐在饭店大堂的椅子上，歪着头打哈欠，等江波办理入住。

"这是大家的房门钥匙和护照，服务生会把行李送到各位的房间。"

庭院很大，而建筑是旧式的，美津子和矶边一边上楼梯，一边惊叹："这家饭店很老派啊。"

他们虽然认识，但不管是在德里还是在飞机上，都没怎么说过话，可能是美津子在有意回避矶边。

"这是英国统治时期的建筑，旅游指南上说，这里曾是英国人的俱乐部。现在虽然不至于沦落到四五流的地步，但肯定进不了一流饭店的行列。"矶边说完停下脚步，凝视着美津子，"您准备休息了吗？这个饭店似乎只有庭院值得一看，我打算洗了澡来院子里乘乘凉。"

"我可能也来，先去冲凉。"

矶边和美津子的房间虽然在同层，却隔得很远。打开房门，美津子领会了矶边说的二流饭店的意思。浴缸脏兮兮的，排水栓不能用，床头没有台灯。洗过澡，一天的疲惫从身体里渗出来，美津子从旅行箱里拿出在成田机场买的干邑白兰地，倒进纸杯一饮而尽。

她拿着白兰地和两个纸杯走下楼梯，来到虫鸣声声的庭院。庭院里并排放着几把白色藤椅，树木散发着浓烈的气味，美津子深深吸了一口，感受着印度的味道。秋千吱吱作响，循声望去，矶边正独自坐在上面。一个大男人独自荡秋千的背影，看起来十分凄凉。

"喝两口吗？"她晃了晃酒瓶。

矶边回过头来，高兴地说："这是……"

"矶边先生喜欢的是日本酒吧？"

"听谁说的？"

"您太太。那时就连护士站也有传言，矶边太太聊起她先生，心情准是很好的。"

"她净说些无聊的话，给你们添麻烦了。不过机会难得，我也喝点儿吧。我在车上就想喝酒，问了前台，才知餐厅和吧台都结束营业了。"矶边眯起眼睛品味着，"果然，哪怕不是日本酒，好酒就是好酒，真香。"说完，他又低声自语："不过那家伙生病的时候，我做梦也不会想到在印度再见到您，人生真是无法预料啊。"

美津子对矶边的话深有同感，人生就是有预料不到的情况出现，有捉摸不定的事情发生。就连自己为什么想来印度，她也不明白。有时美津子觉得，人生不是按自己的意愿，而是被某种看不见的力量推动着前进的。

"成濑女士为什么想来印度呢？"

"不能来吗？"

"我不是这个意思，女性不是都会选择意大利、葡萄牙之类的地方吗？"

"我已经过了喜欢阿皮亚古道和法朵的年纪了。不过我倒是想问问您，矶边先生，您又是为什么报了这个旅行团呢？"

矶边从纸杯后抬起头，像个少年露出害羞的表情。

"是来佛教圣地巡礼吗？"美津子之所以这样问，是因为团里大部分游客是来参观佛教古迹的，其中甚至还有僧侣夫妇。

"并不是为了这个……"矶边犹豫了一下，下定决心般说道，"妻子最后那段日子是您照顾的，就和您说实话吧。"说着，他把手伸入衣服内袋，取出两封皱巴巴的信，这两封信他已经不知看过多少遍了。

"请看吧。"

"可以吗？"

借助庭院里的灯光，美津子的视线在信纸上游走。两人的沉默中，庭院里的虫鸣显得越发响了。

"那时您妻子问过我一个问题。"美津子冷不丁地说。

"什么问题？"

"她问我：'人死后会转世吗？'"

"那家伙说过这样的话？"

"那是一个星期六的傍晚，当时她用完晚餐，我正在收拾。"

"您是怎么回答她的？"

"我不知道该怎么回答，所以假装没听见。"

美津子撒谎了。她至今仍记得那个傍晚病房里发生的事，当时她就清楚，矶边的妻子那样问，是希望死后能和丈夫重逢。

那时美津子正在收拾碗碟，往托盘上放。她感到痛彻心扉，破坏欲被激发了。她烦透了妻子对丈夫充满感伤的爱意。"转世？我不懂。"她一字一顿地说，也是在慢慢地说给自己听，"与其背负种种过去带往来生，不如想着死后一切都会消失，这样更轻松。"矶边妻子扭曲的表情，至今她仍历历在目。

"我可以再喝一杯吗？"矶边递出纸杯，仿佛要摆脱心口涌起的感情。

美津子将酒瓶递了过去。"所以……您是为了寻找信上说的这个村子来的吗？"

"对。"

"您相信转世吗？就像印度教徒相信的那样。"

"我也不知道。妻子去世以前，我从没关心过人死后会怎么样，甚至连死这件事也没考虑过。但那家伙去世前说的一番话，却一直让我放不下。那以后我决定了活下去的方式。不过我也真傻，人生本来就有困惑的事。"

矶边起身，只留秋千独自晃来晃去，吱吱作响，宛如他的妻子虽已离开人世，但她说的话还在他心头挥散不去。在我们的一生中，就算有什么结束了，也不意味着一切都消失。

"很滑稽吧？我这样一个老头子来印度寻宝。"

"不滑稽。或许我也是来这个国家找寻某种东西的。"

"您在找什么？"

"我也不知道自己找的是什么。我学生时代的朋友在瓦拉纳西，但我不知道他住在哪个镇子上。或许找到他也是我的目的之一。"

矶边似乎完全听懂了美津子说的话。

"感谢款待，酒太好喝了。明天还有活动安排，我这个老头得早点儿睡了。"

矶边的身影消失后，美津子仍一个人留在虫鸣声声的庭院。秋千轻轻地摇晃，吱吱作响，印度的夜晚比想象中的更凉。不，与其说凉，不如说是寂寥。

吃下两粒安眠药后，美津子躺在坚硬的床上，在昏暗的灯光下读起她带来的书《一个印度留学生》，等待睡意来袭。

书里有一些插图，让美津子尤为在意的是湿婆和女神们的画像。不同于欧洲的圣母玛利亚，画中的女神有的骑着水牛刺杀恶魔，有的如迦梨女神，脚踩伴侣湿婆，吐出蛇一般的舌头，露出一副暴虐模样。

两天前，美津子参观了新德里国家博物馆，那里也挂着迦梨女神的画像。美津子仔细盯着书里的这幅画看。其他日本游客大概都已经入睡了，庭院和走廊万籁俱寂。另一页上的迦梨女神眼神温柔，伸开双手看着画外，嘴角似乎也洋溢着微笑。这一页的背面，却见迦梨女神吸着恶魔罗乞多毗阇浑身的血，她手提斩下的首级，唇间吐出血淋淋的长舌头。

美津子来回看着这两张画像，觉得哪张都是她自己。刚才她回答矶边"或许我也是来这个国家找寻某种东西的"，她找的是那个落伍的大津吗？还是和苔蕾丝·德斯盖鲁一样，找的是自己内心的某种东西？

安眠药逐渐让大脑放松下来，美津子起身关掉门旁的电灯开关，重新躺回床上，凝视着层层叠叠的黑暗。在她做志愿者的那家医院，尚且还有护士悄悄巡查时，小手电筒照在患者脸上的微弱光线。这里的黑暗却正如字面意思，是无明的黑暗、灵魂的黑暗。作为情感已燃烧殆尽的女人，作为苔蕾丝·德斯盖鲁的同类，美津子对灵魂的黑暗有所了解。

大概睡了两小时，美津子似乎听到黑暗中鸟儿扇动翅膀的声音。她把手伸向床头柜找台灯，但很快意识到这老房子里没有台灯这种东西。

她突然害怕了。临睡前读的《一个印度留学生》中有个情节，作者正在房间学习，隐约听到窗外扫帚清扫庭院的沙沙声，后来才发现声音来自自己房间的角落，一回头，看到一条漆黑的眼镜蛇高高抬起了头。

鸟儿扇动翅膀的声音是墙壁那里传来的，要走到门口才能开灯，万一途中眼镜蛇扑过来……

美津子一跃而起，畏畏缩缩不符合她的性格。她背靠墙壁一路摸到了电灯开关，原来墙壁上有个大洞，填洞的纸脱落了一部分，她听到的是风吹响纸的声音。真是典型的印度饭店，太好笑了。

美津子苦笑着坐到不太舒适的柿色椅上，把手伸向手提包。人一旦醒了就还得再花些时间才能睡着。手提包里装着褐色的纸袋子，她取出纸袋子放到桌上。袋里装着几封她和大津的往来书信。为什么要特意带来这些书信呢？美津子自己也觉得不可思议。

他既没有男性的魅力，也没有让人心动的长相，还经常激起美津子内心的轻蔑。但在与美津子和朋友们生活的世界完全隔绝的另一个世界，那个男人被洋葱夺走了。美津子一边在内心深处否定大津，一边又无法对他漠不关心。她不知道这是为什么，就算用橡皮擦也擦不掉。

信是大津用笨拙的字迹写成的（宛如出自中学生之手）。美津子礼节性地回过一两封，但她为什么把这些信郑重地保存了下来，美津子同样不知道。虽然不知道原因，但确实有某种超越她的力量驱使她做了这些事，可以说是同样的力量，有预谋地把她带到了瓦拉纳西这个大津居住的地方。她喝着瓶底残留的白兰地，漠然地想。

"你这个笨蛋。"她小声对自己说，"你在做什么？管它呢！"

美津子写给大津的信：

新年好。我把这张新年贺卡寄到了四年前和你在里昂见面的地址，不知道你现在还住在富维耶吗？出于种种原因，我离婚了，现在住在老家。为什么会离婚……去年年末，我偶然读到福田恒存的《霍雷肖日记》，发现了几句揭示自我本质的话："我无法爱上别人，也从来没有爱过谁，我这样的人怎么能在这世界上主张自己的存在呢？"这就是我离婚的原因。你仍旧相信洋葱可以在任何东西上施加作用，哪怕是罪恶吗？

大津给美津子的回信：

你的信从里昂转寄过来，到了我手中。如信封上的地址所示，我已经不在里昂，而在法国南部阿尔代什一家修道院见习。这里四面环山，十分荒凉，我暂时做着一些田间地头的体力活。

至于我为什么来这里，你在信里说到自己离婚了，而我的授圣职礼被延期了，里昂的修道院认为我不适合做神父。在里昂闲聊时，你曾开玩笑地提醒我"不要被开除教籍"，我的思想里确实有异端性的东西。经历了近五年的异国生活，我不得不佩服欧洲人思考问题的方式，太清晰，太有逻辑性，也正因为如此，来自东方的我总觉得忽视了什么，无法跟上。他们清晰的逻辑和简单的划分方式，甚至让我感到痛苦。

我天资愚钝又不够努力，理解不了他们出色的建构能力，同时，我体内的日本基因也让我对欧洲的基督教产生一种不谐调的感觉。欧洲人的信仰是有意识的、理性的，凡是不基于此得出的结论，他们都不接受。五年里，不管是日常生活、神学学习，还是跟着前辈们探访圣地，我总是孤零零一个人。我也很困惑，思考自己是否错了？在里昂的索恩河边，我脸色不好也是因为这个，不好意思。

　　我在神学院时，受批评最多的是自己潜意识里的、在他们看来是泛神论的东西。我无法忍受对自然的轻视。无论欧洲的基督教多么清晰、多有逻辑、认为生命有序，这里的人终究不能体会"细看墙根下，盛开荠菜花"的意境。当然，他们偶尔也会标榜对盛开的荠菜花和人的生命一视同仁，但内心根本不认同。

　　在修道院，曾有三名前辈问过我："对你来说，神是什么？"当时我不经意地答道："神并不像你们所认为的那样游离于人类之外，是人类必须仰视的存在。相反，神存在于人类之中，是将人类和草木包裹起来的宝贵生命。"

　　"这不就是泛神论的思考方式吗？"他们三人用经院哲学极其清晰的逻辑，批判我思考方式中存在的愚蠢缺陷。这只是其中一个小例子而已。我身为东方人，做不到像他们那样把任何事情都区分得一清二楚。

　　"神不只是为了扬善，通过拯救人类的罪恶，神的作用也得到了发挥。"那天我们靠在索恩河岸边的护栏上，河水中货船来往，天空中太阳高照，也正是出于这样的心情，我毫不掩饰地对你说了那些话。而你刚好也问："这真的是基督教的思考方式吗？"

在教会里，我的这种思考方式被诟病为危险的詹森主义、摩尼教式（简而言之就是异端），我被告知善恶是非黑即白、互不相容的。

出于这样那样的原因，我的授圣职礼被推迟了，但我并没有失去信仰。

少年时期开始，我唯一从母亲那里得到确信的，是她的温暖。她牵着我时手掌传来的温暖，她抱着我时身体的温暖、爱的温暖。另外，与兄姐相比，我愚钝耿直，但母亲没有抛弃我，这也让我感到温暖。我的母亲也经常对我说起洋葱的故事，她告诉我，洋葱是比她的温暖更强烈更有力的集合体，也就是爱本身。后来我长大了，母亲过世了，我才意识到，我母亲给予我的温暖，正是洋葱中的一小片。归根结底，我寻求的只是洋葱的爱，不是教会所谓的各种教义（这种想法自然也是我被视为异端的原因）。在我看来，漫漫历史长河中，洋葱只告诉了我们人类一个道理——世界的中心是爱。现今世界，最欠缺的是爱，最不被相信的是爱，遭耻笑的也是爱。微不足道的我只想愚钝而耿直地追随洋葱。

我永远信赖洋葱，他为了这份爱受累于生活，并以爱示人。

随着时间流逝，我的这种感觉越发强烈。当我越来越不适应欧洲的思考方式和神学时，我甚至感到，洞悉我苦恼的洋葱正微笑地看着孤零零的我。如同《圣经》故事中，洋葱经过以马忤斯①旅人身旁，说："我与你们同行。"

夜晚结束劳作，遥望葡萄园上空群星闪耀，我有时也会害怕，不知洋葱将带我去向何方。

美津子还记得，她是在医院病房读到这封信的。离婚后，她向在乡下的父亲要了些钱，在原宿开了一家时装店。在前夫的帮助下，小店得以从巴黎知名服饰店进货。她还会去东乡神社后面的大型私立医院做志愿者，每周一两次。这样的日子持续了一阵子。那时，她觉得福田恒存的《霍雷肖日记》里的这几句话如实表达了她的内心。"我无法爱上别人，也从来没有爱过谁，我这样的人怎么能在这世界上主张自己的存在呢？"她开始做志愿者，也是出于这种反常的情绪。她并非燃尽了爱，而是一个压根儿就没有爱的火种的女人。和男人有过爱欲行为，可从未试图将爱的火种燃烧起来。给病人洗尿壶、照顾病人吃饭，美津子一边回味着滑稽的自己，一边读着大津的信。不过，她一点儿也不羡慕大津，反而是大津的话伤害了她。于是她寄出一张简短的明信片。她只记得明信片上是蒙克的画，画中是一张孤独男人的脸。具体写了什么已经不记得了，但她是为了让大津难受才故意选了那张明信片……

_____

① 以色列地名。《圣经》中，前往以马忤斯的路上，复活后的耶稣在信徒面前显现。

大津给美津子的信：

非常感谢你的来信。成濑，读着你的信，我能从字里行间体会到单身一人的你的心境。

但是，正如洋葱常伴着我，洋葱也在你的心间，在你左右。只有洋葱能理解你的困苦和孤独。有一天他会把你带向另一个世界。不过具体是什么时候，用什么方法，以何种形式，我们都无从得知。洋葱会像魔术师一样，将你"模仿爱的行为"或"无法言说的夜"（我是完全体察不到的）都一一改变。

健康人服用金鸡纳霜会发高烧，但它对疟疾患者而言却是良药。我认为，罪恶也是宛如金鸡纳霜一般的东西。

突然提到金鸡纳霜，你觉得很诧异吧？我是从以色列加利利海附近、基布兹的犹太医生那里得知的。现在的加利利海如梦境般美丽，但过去它是一片聚集着疟疾患者的瘴疠之地。《圣经》中也有他治好了这里众多发热病人的奇迹故事，据说他们得的就是疟疾。

我还没有成为神父。神职老师们评价我缺乏神父必不可少的顺从德行，我身上也看不到真正拥有信仰必须具备的原则。归根结底是我不认为欧洲的基督教才是唯一的、绝对的。我是这样在答卷上写的，也是这样说的。

对于在教会神职人员面前说的糊涂话，我现在多少有些后悔。但我仍旧认为，人们选择怎样的神作为信仰，大多是受出生国家的文化、传统以及各自身处环境的影响。欧洲人选择基督教，因为他们的家庭就是这样选的，因为他们国家的基督教文化强大。中东地区的人成为伊斯兰教徒，印度人大多是印度教徒，都不是他们严格比较了各种宗教后的选择。至于我是例外，受到了母亲的影响。

成濑曾经问过我，为什么信仰神，当时我吞吞吐吐，因为我选择这个宗教，并不出于自己的意志。但现在，我经常思索这个问题。

"出生在那样的家庭，你不认为是得到了神的恩宠和爱吗？"神学院的牧师问我。

"我是这么认为的。但不在这样的家庭出生、信仰了其他宗教的人，就得不到神的恩宠和爱了吗？"我的话没有恶意，还是伤害了思维既定的牧师。

而我受到最激烈的批评，是面试时说了如下一番话后："神拥有各种各样的面孔，不只存在于教会和教堂，也存在于犹太教徒、佛教徒和印度教徒中。"

我只是如实说出了来欧洲后逐渐形成的思考，但在老师们看来，这是对基督教的全盘否定。

"就是泛神论让你产生了这种错误的想法！"我遭到了严厉训斥。

我一慌，脱口而出："基督教中不是包含着泛神论的东西吗？我在神学院接受的教育是，基督教和泛神论是对立的，但作为一个日本人，我认为基督教之所以影响广泛，也是因为其自身混杂了各色各样的东西。"

"你说说看，'各色各样的东西'是什么？"

"参观沙特尔大教堂时，我得知当地人把对地母神的信仰升华为对圣母玛利亚的信仰。也就是说，当地基督教的发展植根于对地母神的信仰。在十六、十七世纪，相当多日本人投入了基督教的怀抱，但他们内心的信仰和欧洲人是完全不同的。"

"哪里不同？"

"日本信徒的信仰中混杂着佛教的内容，以及当今被批判为泛神论的东西。"

老师们听了我的话都沉默了，但他们的沉默明显透着不悦。

"那么，你如何区分正统和异端？"

"和中世纪不同，当下是可以和其他宗教对话的时代。"

"教廷自然也认可这一点。"

"但基督教并不真的认为其他宗教是与其平等的。"到了这时，我已经顺其自然了，也有点儿自暴自弃，"一位欧洲学者曾经说过，其他宗教的杰出人士像在基督教范围内无证驾驶，这称不上真正平等的对话。我认为，神拥有诸多面孔，隐藏在不同的宗教中，只有承认这一点，真正的对话才算达成。"

回应我的是沉默和不悦的表情，我意识到自己说了十分愚蠢的话，老师们一定认为我是一个拥有危险思想的人。

"那我问你，"校长似乎在给我解围，"为什么你不做回佛教徒呢？如此一来，你的想法不就自然归于原位了吗？"

"不，我的家庭……也不是日本的佛教徒之家，而是和各位老师一样的基督教家庭，因此我自然会在神的众多面孔中选择和各位老师相同的一张。"

"那你怎么看待改变宗教信仰的现象？比如佛教徒放弃佛教，转而信仰基督教。"

"我觉得这是有可能的，就像每个人都会选择适合自己的结婚对象。"

听天由命吧！同时，我觉得，如果自己的想法有根本上的错误，倒是希望老师（不，是我信赖的他）能帮我重新锤炼。为了自己的人生，我绝不会撒谎。

我自然又没能当上神父。不过，上层神职人员中，还是有几位好心人努力为我争取到了来以色列加利利修道院继续学习的机会，我才能在这里半工半读。

我很清楚自己说的这些，对你来说既无聊又陌生。请允许我明知故犯，写到深夜。我太想诉说了，就像他在加利利忍不住要向孤独者、病患者和受苦者坦露心迹一样……

或许是因为我很孤独，才想向同样孤独的你诉说这一切。

真可悲，我很孤独……

修道院前一望无际的加利利海，也被当地人称为"竖琴湖"，它是耶稣口中迦百农村的渔夫彼得捕鱼的湖，今夜在月光的照耀下波光粼粼。他……对了，成濑一听到耶稣这个名字，就会想要敬而远之吧？不妨把耶稣唤作"爱"。如果觉得这个字让你不舒服，那叫"生命的温暖"也可以。如果还不喜欢，那就还用之前一直用的"洋葱"。

在加利利海，犹太教徒占绝大多数，也有基督教徒和伊斯兰教徒。他们对我这个日本人很感兴趣。有时我会去基布兹游玩，有时也会受邀去伊斯兰教徒的家里。我在他们中间找到了洋葱。既然如此，为什么他们轻视其他宗教的教徒，暗自感到优越呢？无论从犹太人还是伊斯兰人那里，我都感受到了洋葱的存在。洋葱无处不在。

整封信充满了大津任性的想法，他通篇谈论自己，对美津子漠不关心，他写了些什么，美津子根本没兴趣。她不关心宗教，更不关心大津的事。比起大津的孤独，自己的孤独就已经让她精疲力竭了。美津子感觉自己的爱已枯竭。离婚后为了弥补空虚，她和几个人有过关系，有她大学时代的老朋友，还有酒店吧台邻座的企业家。但每次她看到的只有把脑袋伸进食槽贪图快乐的男人，以及注视着这一切的自己呆滞的双眼。

美津子怀着自虐的情绪做起了志愿者：既然自己的爱已干涸，

那就更应该去模仿爱的行为。她倾听病人的抱怨并给予劝慰，一勺勺喂无法行动的病人喝汤，清洗他们的尿壶，接受他们的感谢……这些对她来说都是轻而易举的事。美津子知道，她这些爱的行为并非发自内心，都是演技使然。当她望着虚弱的老太太熟睡的身影，偶尔会有一种冲动，故意不给老人换尿布，不给病人服药。那时候她脑海中会响起另一个声音："她再怎么吃药都治不好，不如让这个没用的、甚至会成为家庭重负的老妇人早点儿解脱。"

护士和医生都不知道她的另一面。护士长看到施展演技的美津子，说她"真了不起"，而美津子就会露出诚恳谦虚的微笑答道"没什么"，心中却滑过一丝冷笑。如果你知道，昨晚我走出医院，在帝国酒店十二层，和来搭讪的中年企业家进了房间，你的表情该有多错愕啊！

和男人上床时她突然想到：大津在信里说神有诸多面孔，我不也是吗？

那时每年都有同学会，美津子时隔两年再次参加，看到近藤他们这群旧日的玩伴，要么变成穿深蓝色衬衫的公司职员，要么成了觅得良夫的年轻太太。

男人们的共同话题只有高尔夫和汽车，女人们则热衷讨论育儿和升学。

"我离婚了。"美津子突然宣布。

大家心惊胆战地沉默了片刻，一个女性朋友问道："为什么？发生什么事了吗？"

"因为我和你们不一样，当不了好妻子。"

"但你总归想要孩子吧？"

"不想要。这个世界上有很多和我一样的人。"

大家都笑了，以为美津子在开玩笑，倒是近藤向着她，感怀地说道："这样啊。成濑那个时候不就叫摩伊赖嘛。"

"还在 AloAlo 捉弄了那个大津。"

"那家伙……好像当神父了。"一个消息灵通的人说，"我做毕业生花名册的时候，向他家人问了他现在的住址，他哥哥说，他在印度一所修道院当神父。"

"印度什么地方？"

"叫什么来着，印度照片里经常出现的那个地方，大家在恒河里洗身体。"

包括美津子在内，没有人知道那个地方叫什么。除了美津子以外，没有人关心这件事，话题迅速转移到棒球球员绯闻和一个同学开在六本木的新餐厅装饰上了。

美津子回家的时候翻了父亲珍藏的百科全书，发现有几处提到了印度的街市，其中最有名的就是瓦拉纳西。书上的照片里，印度教的男男女女身着纱丽，浸泡在河水中。

七　女神

　　矶边从来没想过，他会在异国他乡的饭店房间里，回顾和妻子的过往生活。在他设想的人生中，男人总会先于妻子离开人世。不过他也从没想过自己死后妻子的生活，靠着养老保险和储蓄，她不管怎么样都能活下去吧。车到山前必有路，他潜意识里这样冷漠地想。想来矶边是很传统的男人，没有为自己的婚姻赋予过重要的价值和深刻的意义。

　　我爱过妻子吗？

　　妻子死后的每一天都很空虚。每当看到妻子的遗物——筷子、被褥、挂在衣橱的衣服，矶边就一边品尝着难以言说的寂寞和懊悔，一边自问自答。不过和大多数日本男人一样，他从来没有在婚姻中认真思考过，爱究竟是什么。

　　对他而言，婚姻生活是互相照顾的男女分工协作。两个人在同一屋檐下共同生活，热恋的心情消散后，剩下的问题就是怎样互相帮助，给对方行方便了。像外国的妻子那样为丈夫出人头地积极社交，或作为女人永葆魅力，这些在矶边看来都不重要，他认为妻子最重要的工作，就是在筋疲力尽的丈夫每天回家后，容忍他任性，给他营造休息的空间。

从这个意义上说，他的妻子确实是贤妻。不管对内对外，她都不张扬，虽然缺乏外在魅力，但很守礼节，不给人添乱。

"妻子对丈夫来说，应该像空气一样。"后辈的婚宴上他曾有过这样的发言，"人不能没有空气，但空气是看不见、不喧宾夺主的。一个妻子要是能像空气，他们的婚姻永远都不会失败。"宴席上的男人们闻声而笑，还有人拍起了手。"婚姻生活要安安静静、单调充实。"

矶边没有想过坐在邻桌的妻子听到他这番发言会露出怎样的表情。那天晚上，无论是回家的出租车上，还是到家后，妻子都沉默不语，矶边还以为妻子很认同他的发言吧。

但是，矶边发言时没有说出最重要的事。平凡、安静、单调，他所说的贤妻会随时间流逝让他感到倦怠，这一点他没有说。

事实上，参加那次婚礼时，矶边正处于每对夫妻都会经历的对妻子的倦怠期。原因之一是，和她的生活过于平凡单调了。就像他在发言中说的，他们在彼此面前变成了空气，除了妻子的身份，妻子什么都不是，连女人也不是。

矶边确实不认为妻子是恶妻，但在那时，正值壮年的他出于任性，想寻求"女人"，而非"贤妻"。

当然，矶边从没想过和妻子离婚，他已不再年轻，知道妻子和女人不能兼得。坦白说，他也有过两三次追求"女人"的经历。

其中一个是在银座经营意大利餐厅的女老板。那家餐厅为了迎合日本人口味推出日式菜肴，意大利餐也很有特色，矶边经常在那里招待客户。

上班时，她总是打扮得比实际年龄年轻得多。她穿着朱红色衣服，像小女孩一样在头发上系上黑色蝴蝶结，做了美甲的双手在洁白的餐布上摆盘。为了让第一次来的客人满意，她细心周到，招呼得很好。

她在各方面都和矶边的妻子截然相反，满足了矶边在妻子那里得不到的一切。彼时，矶边的养女正在读初中，不知出于什么原因很讨厌他，他也向女老板发过牢骚。

"我家孩子也是这样。"她笑着回答，"有一段时间孩子对我老公很反感，跟他不亲，连话都不想和他说。"

"为什么呢？"

"因为她爸爸喝功能饮料。那个年龄的孩子有理想的父亲形象，现实中的父亲和那个形象越有差距，孩子就越讨厌他。"

"'理想的父亲形象'是什么样的？"

"擅长运动，个子高，很温柔。"她笑着说，"就像美国电影里的爸爸。但自己的爸爸总是一脸疲惫地在地铁站台上喝功能饮料，星期天除了看电视什么也不做，看到这样的爸爸，小女孩会有被背叛的感觉。"

她的声音很像当时经常出现在电视上的女演员太地喜和子，说起来，她的长相和身材也很容易让人联想起那位女星。

"喝功能饮料的爸爸啊……"

和女老板聊天就如打网球般有趣，矶边会暗自拿女老板和妻子比较。面对同样的问题，妻子大概会说："都是因为你对孩子太粗鲁了，和她说话就像和男孩子说话一样。"

一次，矶边和女老板彻夜饮酒后犯了错。聪明的女老板知道矶边不是那种会放弃家庭的糊涂男人，年近五十的男人当然也知道离婚的严重性。

妻子是否发现他有外遇，矶边不得而知。她从来没有说起过，就算知道了估计也会装傻。事后矶边很内疚，但并没有真正背叛妻子的感觉。婚姻缔结的联系和露水情缘毫无关系。总之对矶边而言，妻子就像姐妹，他从她身上感觉不到女人味。但是作为补偿，随着岁月流逝，两人之间肉眼看不见的联系就像尘埃慢慢堆积，变得越发紧密。

夫妻之爱指的就是这种联系吗？矶边当时一点儿都没想过，妻子患上癌症，从医生那里得知她的生命所剩无几时，矶边对即将失去伴侣的惊愕和恐惧感到茫然无措，只看到窗外铅灰色的天空，只听到叫卖烤红薯的声音。

还有那句称得上是遗言的谵言。矶边从没想过，妻子是个拥有如此丰沛和浓烈感情的女人。一起生活这么久，他却从来不知道，妻子的心底深处竟有那样的愿望。于是他许下了诺言，承诺也逐渐有了深远的意义……而现在，他来到了异国他乡。

　　沼田用铁锈色的水冲过澡，换上新的运动衫和米色裤子，来到了楼下的餐厅。不到七点，餐厅只有导游江波一人，只见他一边读着英文报纸，一边吃着早餐。

　　"早上好！有什么大新闻吗？"沼田对印度的政局一无所知，也不感兴趣，只是看到摊在餐桌上的报纸头版印着印度总理英迪拉·甘地的巨幅照片，出于礼貌问了一下。

　　"真不太平，"江波用餐巾纸擦了擦嘴，答道，"锡克教徒有所行动。不过，这个国家有英迪拉·甘地那样拥有神力的领袖，动荡应该能平息。"

　　"锡克教徒是那些裹着缠头巾的蓄须印度人吗？"沼田虽然这样问，但其实对这个话题并不感兴趣。他瞥了一眼江波盘子里的红色球状食物，接着问道："这是什么？"

　　"醋腌洋葱。"

　　"只吃蔬菜啊。江波先生，您是素食主义者吗？"

　　"和游客一起，午餐和晚餐都有机会吃到肉，我又是易胖体质，所以早上只吃醋腌洋葱和这个'Lassi'酸奶。对了，您喜欢印度吗？"

　　"这里的自然风光就让我满足了。印度榕树随处可见，还能看到菩提树和优昙婆罗花，今天早上醒来还听到了庭院里热闹的鸟鸣声，这一切都很喜欢。"

"印度教徒会在焚烧尸体的地方种树。"

"日本的樱花树也是这样，吉野山的樱花树都是墓标。死亡和植物之间有很深的联系。"

"是吗？我以前不知道。您早餐点什么？"

"来杯热咖啡就行。"

"白天要参观，还是吃点儿什么比较好。来点儿醋腌洋葱怎么样？"

"印度教徒相信树有再生的生命力？"

"没错。"

"我喜欢这种观点。"沼田喝着端上来的咖啡，笑容满面地说，"我是童话作家嘛，写的基本都是孩子和动物交流的故事。这次来印度看到庄严的印度榕树，很想写些孩子和大树之间的故事了。"

"这样啊。"

"从阿拉哈巴德来这里穿过了幽深的森林，您说那里有鸟类保护区……那样的森林我第一次见，但那时我听到了森林里每棵树的声音，就仿佛它们在对我说些什么。"

"大巴上我没说，一八五七年印度人反抗英国时，阿拉哈巴德森林的树被当作绞刑架，用来绞死印度人。"江波的话就像给沼田泼了盆冷水似的。

江波在印度学了四年印度哲学，回日本后，他辛苦学来的知识派不上用场，所有大学都以研究室没有空缺为由拒绝他，他只能当导游打打零工，不满的情绪就这样在心底郁积起来。为了糊口，他受宇宙旅行社委托带团，说实话，他对团里的日本游客很不屑，不管是虔诚地巡游佛教遗迹的老人，还是享受流浪生活的嬉皮士学生，抑或像沼田这样想在印度的自然中寻找遗失之物的人。他们带回日本的特产无非丝绸纱丽、白檀木项链、镶嵌工艺品、星光红宝石、祖母绿宝石般的石头和银手镯。商店里曾经欧美游客熙熙攘攘，如今变成了日本游客来来往往，江波站在店门口，用轻蔑的眼神看着。

不过，他当然不会表露真实想法。"表里不一"是他现在的人生哲学，他不断告诫自己对游客要亲切热情。

"沼田先生，您打算去野生动物保护区吗？"

"我来就是为了这个。我想亲眼看看犀鸟、鹩哥这些炎热国家的鸟儿们。"

"为什么？"

"这是个秘密。"沼田笑了，"江波先生也有秘密吧。"

"有的。真难想象。大部分日本男游客和我独处时，像说秘密一样要我带他们去找女人。沼田先生就不一样了。"

"我不喜欢，至少在印度完全没有那样的念头。"

"冒昧地说，印度的大自然比您想象的淫秽。"

"因为自然兼具创造和破坏两种矛盾的属性吗？这种说法我在介绍印度的书里看得够多了。"

"明早我们要去参观恒河沐浴。河水右岸排列着大小不一的河坛，隔着宽阔的河流，左岸被树木覆盖。印度教徒认为恒河左岸不洁……但是……我曾经去过那里。"

"然后呢？"

"再没有哪个地方像那里一样，让人感觉到毛骨悚然的淫秽了。"

"您开玩笑的吧？"

"对啊，因为您太单纯了。大家都起来了，失陪了。"

身着便装的游客拿着相机接二连三地来到餐厅，江波迅速起身帮他们翻译点餐。

江波的言行举止和刚才截然不同，沼田回味着他说的"淫秽的大自然"。虽然隐约猜到一些，但在童话作家沼田看来，大自然绝不残酷也不令人生畏，是大自然让人类和生命得以交融。

沼田来到庭院，张开双臂做了个深呼吸。据说印度十月下旬还很炎热，但可能才早上八点多，他在清爽的空气中感受到了早已消失在东京混凝土街道上的泥土和阳光的气息。他尽情深呼吸，交换出体内的浊气。

"喂，在练气功吗？"木口从玄关出来，边嚼东西边亲切地打招呼。

"这是我独创的深呼吸法。"

"真好。我也每天早上做体操，就算来了印度，一睁开眼也会坐在床上练习。"

"打扰了！"年轻的三条夫妇从身后大喊，"可以帮我们按一下快门吗？"

"快门？"

"按这儿就行。"三条夫妇把相机塞到沼田手中，然后退到一片雏菊盛开的地方。三条大方搂着妻子的腰，妻子则把头倚在他的肩上。

沼田把眼睛贴向照相机，木口在一旁自言自语："他们也能算日本人吗？一点儿羞耻心都没有！"

"没什么，新婚夫妇嘛。"

"在我们那个年代是无法想象的。"

"我们那时候也没机会出国度蜜月。日本繁荣起来，年轻人也和外国人没什么两样了。"

"请帮我们再拍三四张。"三条没注意到沼田和木口的窃窃私语，厚着脸皮要求道。

这时，从宽阔的庭院门口走来提着破袋子和笼子的老人、年轻人和少年。老人骨瘦如柴，短裤下露出鸡爪般的双脚。

"您好。"少年露出卑微讨好的笑容，"日本人？日本人？"

沼田用刚学会的印地语回答了一声"是的"，其他的就不会了。玄关处聚集起来的日本人中也有江波，他和老人交谈了片刻，向大家介绍："他说要给大家表演猫鼬和蛇打架。他们是名叫'萨贝拉'的舞蛇团，是不可接触者，全村都以舞蛇为生。"

形如枯槁的老人蹲下来，把笛子贴向嘴边，吹出了奇妙的曲子。只见笼子盖倾斜了，一条眼镜蛇探出了头，形状像收纳好的雨伞。三条的妻子紧紧抓住丈夫，尖叫起来。

"没关系。"三条对妻子说，"它的毒牙已经拔掉了，是吧，江波先生？"

"是的。您很了解嘛。"

"我在电视上看过。为了不让蛇被咬死，猫鼬的牙也拔掉了。"

"三条先生真让人头疼。"江波看着扫兴的其他游客说，"透露谜底，印度就不好玩了。"

旅行大巴滑进庭院，扬起一阵灰尘。在日本人的围观下，猫鼬灵活地扑向眼镜蛇，按住了它。掌声响起，老人枯枝般的手指伸进袋子，抓出一条可怕的灰蛇。女人们惊异的声音此起彼伏。

"据说有双头蛇。"江波不情愿地解说道，他突然反感起自己一遍遍向游客介绍双头蛇了。我留学印度不是为了说这些无聊的事，也不是为了把人们带到泰姬陵，用同样的声音重复同样的台词，介绍这是莫卧儿帝国的皇帝沙·贾汗怀念美丽的妃子泰姬·玛哈尔耗时二十二年修建的。

没有人真正了解印度，即便如此，日本的宗教专家、文化人士回国后还总是摆出一副无所不知的样子高谈阔论。

为了消除这种厌恶的情绪，江波露出职业微笑，声音清亮地说："请大家上车吧！要升温了，车里有空调会凉快一些。"

即使在车里，也能闻到街上的臭气：汗臭味、水沟的臭味、路边摊油炸食品的臭味。刺眼的黄铜在昏暗的店里闪闪发光，披着黄色、柿色和黑色纱丽的女人川流不息，瘦得脊椎骨、肩胛骨凸出的灰色的牛慢慢走在路上，飞扬的尘土中一头大象驮着木柴，被主人催赶着。

"我们终于来到了堪称印度中的印度——瓦拉纳西。"江波对着麦克风流利地背诵，"这个城市位于恒河中游的瓦拉纳河与阿西河之间，昨天已经介绍过，这两条河交汇的地方是印度教徒的圣地。富人坐火车或汽车，穷人徒步，都会来这里朝拜。在他们的信仰中，浸入恒河圣水沐浴，能洗净所有罪孽，死后把骨灰撒入河中，可以从轮回中获得解脱。"

旅行大巴的路线通常是固定的，印度之母庙、印度大学校园、恒河浴场。

江波与众不同，他会带游客去事先安排好的特别的印度教寺庙，他这种安排，一方面是对游客的体贴，但另一方面也夹杂着一种报复的情绪。

早晨清爽的空气一过中午就变得潮湿和闷热。

带这群日本游客去恒河河坛，江波故意避开了上午，因为他不想他们仅仅出于好奇去参观圣河、神圣的仪式和神圣的死亡场所。在船上看到沐浴的印度教徒，日本游客一定会说"竟然把骨灰撒到河里""他们这样不会生病吗""这么臭真受不了……印度人居然不当回事"。

想必这次也会听到这种充满轻视和偏见的言论，所以江波把这项行程安排到了傍晚，先带他们去了维什瓦纳塔神庙门前充满印度风情的狭窄小道。道路两旁像黑市一样，布满小店：甘蔗在水桶里洗过，放进滚轴榨出果汁；大菜刀敲开椰子，插一根吸管就喝到椰子汁；槟榔叶或树叶添了香料卷起来，就是香烟。

"这是嚼着吃的烟，味道有些苦，可以当作印度之旅的谈资。"江波带去的商店，还有他在小狗趴着睡觉的店门口做的介绍，甚至到店里的时间，都是一成不变的。他笑容满面，亲切地说："当地人把这个叫'帕安'，嚼完嘴里会变红。"

有的男游客觉得有趣尝了尝，因为苦味连连皱眉，女游客见状都笑了起来。光膀子扛扁担的男人从他们身旁经过，响起一片快门声。

"那是酸奶店。"

"我想买印度丝绸，哪家店卖呢？"

阳光逐渐变得强烈。一众游客中，江波对美津子稍微有些兴趣。她头顶宽檐帽、戴着墨镜的侧脸吸引着江波。她没有女人身上常见的任性和聒噪，脸上总是挂着微笑。

他瞄着她的侧脸，偷偷幻想和这个女人上床的话，她会是怎样的表情。

在旅行社兼职当导游以来，江波和两个女游客发生过关系。那两人是寻常的中年主妇。印度的暑热湿气中，潜伏着某种激发人类性欲的东西，这种东西同样存在于印度教的诡异气氛中。江波观察美津子的时候会想，她和异性有着怎样的关系。

午餐时间提前了一些，吃完已到了一点钟。大巴载着大家开往纳克撒尔·巴格凡蒂寺。只有极少数人会对这座寺庙感兴趣，所以它通常不在印度之旅的行程之列。这是江波特别安排的景点。

"这座寺庙名称的含义是，施恩女性。"

一踏入阴暗的寺庙，就可以闻到黏稠的热气混着石灰的气味。江波把大家带到地下室，这里弥漫着印度特有的淫秽气息。

"'巴格凡蒂'的'巴格'是指女性性器官。"江波故作镇静地解释道。

"八嘎？"一个男声回应，"确实热得够八嘎的，像蒸桑拿。"

有几个人回应般地笑了几声，美津子却面无表情。

"安排各位来这里，是想让大家感受一下印度教。比起口头介绍，大家从刻在壁上的女神像中更能感受到印度所有的悲惨和恐怖，感受到印度在呻吟。有需要我讲解的地方请尽管提。"

一些人受不了闷热，不愿再往里走。印度教诸神与日本佛像不同，日本人对这些神明不感兴趣也不想了解，对他们来说，那只不过是一些和他们无关的肮脏雕像。

潮湿的空气，昏暗的地底，让人不适的雕像。人们在雕像身上，看到了自身潜藏的蠢蠢欲动的东西，从而产生不适。

美津子走下斑驳的石阶，感觉自己瞬间进入了自己的内心深处。仿佛在用内窥镜窥探自己，让她不安的同时，也带来了快感。

身后传来矶边粗重的鼻息声。实在太热了。沼田他们紧跟其后。

"小心脚下。"

被微弱的灯光熏黑的墙壁看来像一个洞。墙上隐约浮现出黑炭和树根淫秽交缠的画面。这群日本人沉默不语，那些画像纹丝不动。

适应了这里的光线后，他们才认出像男女交缠的是几只手和脚，也逐渐看清女神们手上拿的人的头盖骨和首级。她们头戴异形王冠，骑在老虎、狮子、野猪、水牛等野兽身上。

"这些都是同一个女神吗？"美津子问道。

江波靠过来，从短袖中露出的肥胖身体散发出刺鼻的汗臭味。"不，每一尊都不一样。您想知道她们的名字吗？"

"就算告诉我，我也记不住。在我看来，她们都一样。"

"印度女神有温柔的造型，但恐怖的占大多数，因为她们象征着生命整体的变化，出生同时包含了死亡。"

"同样是女神，她们和圣母玛利亚截然不同啊。"

"是的。圣母玛利亚象征母亲，而印度女神代表着在死亡与鲜血中更迭的大自然。"

男游客静静地听着美津子和江波的对话。他们对造型奇异而丑陋的女神像毫无兴趣，他们期待的女神是"温柔"而"有母性"的。蒸炉般的地下室里，大家的脸上和脖子上已满是汗珠。

"总觉得在这里会丧失生的乐趣和希望。"沼田自言自语道，声音听起来很疲倦。在他的童话世界里，大自然没有这么粗暴和恐怖，它会温柔地包容接纳人类。

矶边无法从壁刻的女神像中感受到一丝温柔。即便她们拥有丰满的乳房、象征大地丰饶的粗腰，就是没有已故妻子微笑的影子。

木口把熏黑的丑恶群像想象成走过缅甸死亡之路的士兵亡灵，他数着手上的念珠，念诵着一段《阿弥陀经》："一切世间，天、人、阿修罗等，闻佛所说，欢喜信受。"

"实在太热了，我们出去吧。"沼田受不了了。

"请参观另一尊，"江波打断他，"这是我喜欢的女神像。"他指着不到一米处像树精一样的东西说："这里很暗，请尽量靠过来。这尊女神叫恰门陀，住在墓地，所以她的脚下有被鸟啄、被豺狼啃的人的尸体。"江波豆大的汗珠像眼泪一样，落在残留着烛蜡的地板上。"虽然她的乳房萎缩得像老妇人的，但她还是挤出乳汁喂养成排的孩子。你们看，她的右脚因麻风病而腐烂，腹部因饥饿而凹陷，还被一只蝎子咬着。她忍受着病痛，靠干瘪的乳房抚育人类。"

一个小时前还谈笑风生的江波，表情突然痛苦起来，汗水如泪珠般从他脸颊上滑落。美津子、沼田、木口、矶边都愣住了，江波一定对这尊像树根缠绕的女神像怀着特殊的感情。

"我非常喜欢这尊恰门陀像，每次来这座小城都会来瞻仰。"

"我也很喜欢。"木口突然真诚地说，"她勾起了我在缅甸战场的死亡回忆。看到这尊枯瘦的神像，我想起了在雨中死去的士兵们。战争……太痛苦了，当时每个士兵都是这副模样。"

"这尊雕像展现出印度人所有的痛苦。印度人长久以来遭受的病痛、死亡、饥饿都表现在这尊神像上。她承担着他们的疾病，甚至还忍受着蛇蝎之毒。尽管如此，她喘着气也要用干瘪的乳房哺育人类。这就是印度，是我想让各位看到的印度。"江波用脏手帕用力擦了擦汗湿的脸，仿佛为自己的感情而羞耻。他介绍这位受难的女神，其实是想起了遭丈夫抛弃、忍受种种痛苦养育自己的母亲。

"所以这尊像和其他女神不一样，是印度的圣母玛利亚吗？"

"这么想也可以，不过她没有圣母玛利亚的清纯和优雅，也没有华服裹身，反而又老又丑，在痛苦中喘息和忍耐。请看一看她因忍受痛苦而上扬的眼睛。她和印度人一起痛苦着。这是十二世纪制作的雕像，而她的痛苦至今仍未缓解。和欧洲的圣母玛利亚不一样，她是印度之母恰门陀。"

大家静静地听江波讲述，陷入各自的思绪中。

"我们出去吧，其他人大概都等累了。"江波突然催促道。他刚迈开步子，矶边和木口就走到他身边。

"谢谢您，让我们看到了好东西。"木口又说，"直到走进这座地下室，我才理解释迦为什么诞生在这个国家。"

"是吗？"江波发自内心地高兴起来，"您这么说的话，明天我们要去佛陀修行后在第一个弟子面前出现的场所参观，就更有意义了。"

一走到外面，强烈的阳光照射在额头上。三条夫妇和其他没有进入洞穴的女游客们正在开着冷气的旅游大巴上喝着冰可乐和带果肉的椰汁。

"怎么样？"三条问。

"汗都流成这样了。"江波恢复原先的和蔼可亲。

三条笑着说："所以我才不进去，反正都是些积灰的佛像。"

"不是佛像，是女神像。"

"还不是一样？现在我们去哪里？"

"神圣的恒河。"

"本来我想去莱茵河的，"三条的新婚妻子天真地说，"最重要的是，那里不会这么热。

"马上就到母亲河恒河了。"江波吹着车里的冷气，休息了一下，拿起麦克风。

"母亲"这个词让刚才进入地下室的几个人想起了被蛇蝎咬，患麻风病，忍着饥饿给孩子们喂奶的女神，那个印度的母亲。她不是丰满温柔的母亲，只是喘息着的瘦成皮包骨的老妇人，但她同样是母亲。

"我们今天的参观是为明天做准备。明天我们破晓就要出发，现在特别为明天想多睡会儿而不去参观的游客介绍。"

"早上更有趣吗？"三条高声问道。

"不是有趣，是神圣。金色的阳光划破黑暗就是信号，朝圣者会聚集在有限的河坛上，争先恐后地去母亲河里沐浴。母亲河既包容生者，也接受死者。这就是它的神圣所在。"

"他们真的在流过的骨灰旁沐浴吗？"

"是的。"

"我不喜欢，"三条年轻的妻子对丈夫说，"我不想看那么脏的东西。"

"不喜欢的人可以留在车里，不要坏了您的好兴致。"江波笑着点点头，认真地说道。

三条袒护妻子般地说："印度人不会觉得不干净吗？"

"完全不会。我多次提过，恒河是印度教徒神圣的母亲河，他们长途跋涉，只为在那里沐浴。请看窗外，那位拄着长枯枝的老人正要过马路。"

只见瘦得像白发鬼的老人就那样被人群吞没了。

"他们为了迎接死亡才聚集到这里。好几条小道都能抵达这里，例如邦奇可西路、拉扎·蒙提·强特路、拉扎·巴撒尔路。许多朝圣者从四面八方而来，都是为了在这里死去。请看，那些就是他们搭的巴士和汽车。乘不上车的人就会像刚才的老人一样，花很长时间千里迢迢走来。日本没有这样的城市。"江波加强语气，"绝对没有。"

为了死亡而走的街道。这让木口想起缅甸的死亡之路，想起了两颊消瘦的士兵们死去的样子，想起了倒在泥泞路上呻吟的伤兵，想起了如梦游般走过的"街道"。只要走完那条路，就有一丝活下去的希望。现在这个老人大概也抱着只要能抵达恒河，就能得到转世的希望吧。

矶边在人群中看到几个赤足少女。一个在牛羊群间穿行，转眼间消失了，另一个站在炸物摊前，饥饿地注视着摊主用筷子夹起的糕点。

"找到我。"矶边又听到了妻子临终前的话，"答应我，答应我。"他打算和江波说，自己想一个人留在瓦拉纳西。

依照行程表，一行人从明天开始要以释迦牟尼说法的鹿野苑为起点，展开佛教胜迹之旅。

我会找到你的，你等着我就好——矶边在内心无数次重复着这句话。

"明天你去吗？"矶边身后传来两个女人的小声议论。

"当然了，花了这么多钱来这里，就算是作为谈资也要去看看。"

大巴抵达达萨斯瓦梅朵河坛，日本游客一个接一个下了车，只有三条的妻子留在座位上。河坛是让人下到河里的台阶。

他们很快被乞讨的女人和孩子团团围住，有的孩子扭曲着身体做出往嘴里放东西的样子，也有患麻风病的女人在地上爬，她伸出手，手上却没有手指。三条一边给他们零钱一边大声问："为什么不把这些孩子送去福利院？"

"来印度的日本人都会问同样的问题。"江波微笑着说，"要是把他们送去福利院，他们的家人就得挨饿。这些孩子可是家庭重要的财源。身体残疾的孩子或是患麻风病的女人，疾病恰恰使他们成为家庭里重要的劳动者。"

"太过分了！这个国家的政治家都有谁？"

"您不知道吗？印度总理是让人想到母亲河恒河的英迪拉·甘地。她是尼赫鲁的女儿，有印度之母之称。"

那些形状各异、色彩交错、杂乱无序的建筑，不是朝圣者的住处，就是王侯公馆或寺院。建筑之间有花店，出售献给恒河的花，名为"Gayndah"。

他们穿过花店，河流忽然出现。

宽阔的河流反射着午后的阳光，划出平缓的曲线流淌着。水面灰色浑浊，水量丰沛，看不到河床。河坛上有行人和小贩。从河面上灰色浮游物漂浮的速度可以看出河水流动的速度。远远望去，小小的浮游物逐渐靠近，才发现是一只肿胀的灰狗尸体。然而，没有一个人注意它。这条圣河不只运送人类，它容纳和搬运一切生物。

浅滩上，几对男女正在用石头敲打、洗涤衣物，晾在河岸上的绳网上。他们是以洗濯为终身职业的不可接触者，被称为"Dhobi"。通往河岸的石阶上，一个光头戴眼镜的婆罗门老僧竖起一把大伞正在等候客人。婆罗门僧旁边坐着一个卖血色朱砂粉的男人，婆罗门僧用这种粉给印度教徒点额痣以示祝福。

三条似乎完全忘了刚才的愤慨和轻蔑，正拿着引以为豪的相机拍摄眼前的景象。

"三条先生！"江波慌忙大喊，"我们离火葬场越来越近了，尸体会被接连送来，您千万不要拍到尸体，这会激怒死者家属的。"

"不能拍尸体？这我知道，所以我作为摄影师才更想拍。"

"我没有开玩笑，请您千万不要拍，会给大家带来麻烦的。"

如江波所说，河坛上出现一支送葬队伍。两根三米长的棍子做成担架，用浅红色的布裹好，用金色胶带把看起来像尸体的东西绑在担架上，放在河岸附近。他们耐心等待着。或许闻到了尸臭，先引来了一群苍蝇，很快乌鸦也赶到了。死者家属无动于衷，完全没有驱赶它们的意思。

河流依旧默默流淌着，对不久要化为灰烬撒入自己体内的遗体，以及双手抱头一动不动的男性遗属漠不关心。在这里能明显感觉到，死亡只是自然现象之一。

对面的河坛上有五六个男女正在沐浴。男人下半身包着白布，女人则裹着彩色纱丽，他们将身体浸在河水中，合掌、漱口、洗发，再回到河坛。也有人沐浴后在石阶上稍事休息，再进入河里。

天有些阴了，刚刚还照在石阶上的太阳开始后撤，然而恒河依旧流淌。

"那是火葬场。"江波指向冒着硫黄般黄烟的玛尼卡尼卡河坛，"左侧那一排排两三层的建筑，供等死的老人和患不治之症的病人免费居住，他们一死就会被送往火葬场。那些连柴火费都付不起的穷人则被直接抛入河里。"

"火葬场不可以拍照吗？我不拍尸体。江波先生，拜托你了。"

江波对厚着脸皮硬要拍摄的三条用力摇摇头。"不行！绝对不行！"

"花钱也不行吗？"

"请您站在被拍摄的遗属角度想一想，那是对锡克教徒和尸体的侮辱。"

坐在河坛石阶上的美津子和矶边听到江波似乎生气了。

"说是蜜月旅行，却把老婆留在车里，只顾自己拍照，真想不通。"矶边望着牛奶色的河面说。

美津子想起自己蜜月旅行时，也把丈夫丢在巴黎的酒店，去朗德森林散步，追寻属于自己的世界。"矶边先生，像你们这样的夫妻之情现在很难得，为了找到去世的太太，您甚至特意跑来这个国家。"

"可是，在这里沐浴的人都相信转世。您自己不也是来找寻什么的吗？"

"我找活着的朋友，能不能找到都无所谓。"

"哦，您朋友现在做什么呢？"

"听说他当了神父。"

"神父？在印度教徒的城市当神父？"矶边露出难以置信的表情，身后恰好传来江波和沼田的对话。

"付不起柴火费的穷人和七岁以下的小孩无法火葬。小孩的尸体会被放在芦苇船上，穷人就直接水葬。"

"也有人在这里钓鱼吧？"

"有，这里的鱼供应城里的酒店，但不能让客人知道。我们该回去了，明天早点儿来。"

夕阳西下，恒河还和刚才一样，对一切不以为意，缓缓流淌。沼田觉得那里是人们死后去往的世界，他想起自己很久以前写的一则童话。

　　新吉的祖父和祖母住在一个面朝八代海的村子里。祖父八年前去世了，但他生前身体健康，曾是远近闻名的乌贼捕手，人缘也好。祖父很喜欢喝酒，新吉听父亲说，祖父就是酗酒去世的。

　　新吉住在东京，很少去祖父家。三年前的盂兰盆节，他回到有明海。白天和堂兄在波光粼粼的八代海里学游泳，晚上跟着去钓鱼，每天都快乐得不得了。从堤岸上看去，捕乌贼的船灯火通明，连成一条线，就像一座火桥。盂兰盆节的夜晚，祖母和亲戚们点上灯笼，流入海中。

　　燃着蜡烛的灯笼四处漂流着。

　　"你爷爷变成鱼生活在这片海里呢。"祖母认真地对新吉说，"这片海也是我们死后要去的地方。等奶奶有一天断气，也会被抛到海里，变成鱼，就能见到你爷爷了。"祖母似乎真的这么相信。

　　新吉问堂兄："真的吗？"

　　堂兄严肃地回答："真的，村里人都这样觉得。我妹妹上小学时死掉后也变成了鱼，现在正在海底游泳。"

这篇童话是沼田大学时的习作，是他喜欢的作品之一。后来，村子附近盖了一座大工厂，工厂废水污染了大海，不适合鱼儿生存，渔村的人都病了。这些情节太残酷，不适合放到童话里，于是他删去了。村民控诉的不仅是废水让人生病，更是大海遭到破坏。要知道村民的祖先、双亲、亲戚、兄弟都变成鱼儿住在海里，活着的人将来也会在海里转世，但现在来世的世界被破坏了。新闻媒体不相信来世，只重点报道环境破坏和导致疾病等话题。这些内容沼田也想过编进童话里。

八　追寻失去的东西

枕边的电话发出金属的摩擦声。尖锐的铃声表明有事发生。美津子伸出白皙的手臂拿起话筒。

"是成濑小姐吗？对不起，这个时间实在不应该打电话打扰您。"是江波的声音，"木口先生发烧了。游客在印度经常会拉肚子，所以我们事先准备了抗生素，可是他吃了好像没什么效果。"

"可我不是医生……"

"明白，但您曾在医院工作过吧？能不能帮个忙？"

"联系一下前台呢？"

"没用的，值夜班的女孩子什么也不懂，只说明天联系医生。我现在要联络大学附属医院，去接医生过来。这期间能不能麻烦您照顾一下木口先生？"

美津子迅速穿好衣服来到走廊上。凌晨三点左右，外面一片漆黑。一只壁虎牢牢地趴在走廊墙壁上，虫鸣声如洪水倾泻而来。满脸倦容的江波坐在前台旁的旧沙发上，腿伸得长长的，张着嘴巴，闭着眼睛。墙壁上到处停着大只的蛾，像被大头针钉住似的。前台的女孩翻着旧杂志，无所顾忌地打着哈欠。

"啊！"江波睁开眼睛，像木偶上了发条般跳了起来。

"当导游不容易啊。"

"这种事时有发生，但大部分游客吃了抗生素就会好。"

"他现在什么症状？"

"就是发高烧。我想他可能是吃了什么不干净的东西，很多人生病都是因为吃了恒河里的鳟鱼。"

江波带美津子上楼，光脚穿的拖鞋发出啪嗒啪嗒的声响。木口住二楼，刚好在美津子对面的走廊上。

"木口先生，我去找医生，"江波推开门，打开灯，"医生来之前先由成濑女士照顾您，她在医院做过志愿者，请放心。"

木口抓住毛毯的两端，露出一半脸，喘息着说："对不起，麻烦您了。"

木口体温很高，身体在微微颤抖。灯光昏暗，也能看到他满脸汗水。

江波的脚步声消失在走廊深处，房间里只剩下木口和美津子两个人。

卫生间的毛巾脏兮兮的，美津子回去拿了自己的毛巾和古龙水。回来后发现木口仍在轻微颤抖。

"我帮您擦汗。"

热气和汗臭冲向美津子，她一下子想起在医院做志愿者时患者身上的味道。美津子知道如何移动患者身体，从哪里开始擦拭。香水稍稍掩盖了一些臭气，木口的体温也下降了一些。

"实在抱歉。"

"别在意。"

"我当兵的时候得过疟疾，那时是用金鸡纳霜治好的，或许这次是旧疾复发。"

美津子一边擦拭着木口瘦削苍老的胸部，一边想着他提到的疟疾。再次经历恶寒和颤抖的木口，即使现在紧紧裹着毛毯，依旧冷得牙齿咔嗒作响。

"现在已经不用金鸡纳霜了，有药效更好的伯氨喹。这种药印度医生肯定也知道。"

"您说……"木口取下假牙问，"医生会来吗？"

美津子微笑着点点头，这种暧昧的微笑是她在医院做出"模仿爱的行为"时的表情。

"闭上眼睛……睡一下。不用担心，有我在这儿。"

她拉起病人的手，摩挲着他的手背，这也是"模仿爱的行为"之一。木口任由美津子按摩。大约半小时后，庭院后方隐隐传来汽车的声响。

美津子侧耳倾听。"是车子的声音，大概是江波先生和医生来了，没想到这么快。"

疲惫不堪的木口闭上眼睛。车灯像走马灯般扫过房间的窗户。

美津子打开房门等候他们。印度医生三十多岁、戴着一副甘地那样的无框眼镜，他走进房间，把听诊器贴在木口胸前。医生误以为美津子是木口的妻子。"太太。"他称呼她，询问抽血和注射会不会违反患者的宗教戒律。美津子从他的英式发音推断他在伦敦留过学。

"是疟疾吗？"江波问。

医生耸耸肩，给木口打了一针退烧药，把他的血放入一个小试管。他给江波使了个眼色，离开房间走到走廊上。

江波眨了眨因疲劳而充血的眼睛，向美津子招了招手。

"这下麻烦了。要是木口先生得的是恶性传染病或疟疾，就必须住院。可我今天傍晚要带大家到菩提伽耶。自然不能不管木口先生，如果需要住院，我就请加尔各答的分公司派个日本人来，但今天傍晚肯定赶不到菩提伽耶。"

"像这样的意外之前也发生过吗？"

"有，但都是普通腹痛腹泻，服用抗生素就好了。第一次遇到疟疾。"

"要不，"美津子沉默片刻，"我留下来照顾他吧。"

"真的吗？"江波瞪圆了眼睛，显然这正如他所愿。"您真是帮了我一个大忙，这样语言沟通也没障碍。"

"我的英语不是很好，不过可以坚持到加尔各答分公司的日本人来。"

"拜托拜托。后天我一定回来，麻烦这两天先撑一撑。当然，我会和公司汇报，免掉您滞留在这里的费用。"

"那倒不必。我不适合去释迦牟尼悟道的菩提伽耶，那里太圣洁了，我喜欢这个飘散恶臭的城市，能留在这里我反而应该谢谢您。"

"您的话我可当真了。"

美津子又露出惯常的微笑，这次不是为了掩饰内心。到了印度之后，她逐渐发现自己感兴趣的不是诞生了佛教的印度，而是清净与不洁、神圣与淫秽、慈悲与残酷共存的印度教世界。与其参观得到净化的佛教遗迹，不如留在这个泥沙俱下的河畔，哪怕一天也好。

"我去照看一会儿。"她小声说，"您不是还要带大家参观早晨的恒河吗？快去休息吧。"

"成濑女士，您不去恒河吗？"

"木口先生这个样子也不能放着不管……"

江波离开后，她坐在昏睡的木口身旁，俯视这张摘下假牙后看起来傻傻的脸。真是不可思议，她竟会陪着半个月前才认识的老人过夜。印度的死亡之夜，就是佛教所说的无明之夜，被黑暗彻底笼罩，这在日本无法想象。

她突然想起《苔蕾丝·德斯盖鲁》中的一个情节。苔蕾丝照顾生病的丈夫贝尔纳的那个夜晚，和现在完全一样，是没有微光，静寂无声，被黑暗浸透的阿尔热卢兹的夜晚。苔蕾丝看着丈夫的脸，突然产生一股黑暗的冲动。

美津子很喜欢那一段。不只是今夜，蜜月旅行时她看着丈夫的睡脸也感受到了冲动。那是一张善良的脸，一张工作之余只对车和高尔夫感兴趣的男人的脸。凝视着那张脸，美津子常常想起《苔蕾丝·德斯盖鲁》的这一场景。反复阅读后，她从那一页里找到了自己阴暗内心的投影。

美津子对这个老人一无所知。从新德里到这里，一路上美津子都没有留意过这个姓木口的老人，不知道他是否有妻子，年轻时过的生活是怎样的，为什么一个人来印度旅游。但俯视着这张和她毫无关系的老人的睡脸，和苔蕾丝类似的感情一瞬间掠过心头。隐藏在美津子内心深处的破坏欲，和女神迦梨一样的东西被激发了……

"加斯顿先生。"木口说起了胡话，"加斯顿先生，加斯顿先生。"

美津子不明白他在说什么，用毛巾擦拭老人额头渗出的汗水，才发现他的烧已经退了不少，同时她也感到深深的疲倦，坐在椅子上闭上了眼睛。

不知睡了多久，走廊上慌乱的脚步声把她吵醒了。天已经亮了，让人想起午后酷暑的阳光早就透过窗户照射进来，庭院里此起彼伏的鸟鸣传入耳畔。病人嘴巴微张，睡得正酣。美津子摸了摸他的额头，烧似乎已经全退了，像暴雨过后那样，只留下汗臭味。

美津子蹑手蹑脚地走出房间，刚好碰到江波和两个女游客从对面走来。

"我们刚从恒河回来,辛苦了。两小时前出发时,我悄悄进来看了看,见您睡得正熟,就没打扰。您真的帮了我很大的忙。"

江波的眼睛明显透出疲惫,两个女游客倒是精神饱满。

"成濑小姐辛苦了。"其中一人说,声音高昂有力,"您没去是对的。河岸边到处是狗和牛的粪便,也能闻到尸体焚烧的臭味。我感受不到庄严,只觉得不舒服。印度教徒就在骨灰流过的河水旁漱口和洗头。"

"我说过好多次,游客分两类,一类被印度吸引,另一类彻底讨厌印度。"江波总在为印度辩解,"沼田先生和矶边先生可是很有感触。"

"印度教徒里居然也有日本人。"两个女游客异口同声说,"是吧,江波先生?他和印度教徒一样,腰间缠着白巾。"

"那白巾叫多提,女人穿的叫纱丽。"

"他还帮忙把印度教徒的尸体送到火葬场,我都惊呆了。"

"我也很吃惊,还以为是印度迷的年轻嬉皮士,但听说他不是一般的游客。"

"您跟他说话了吗?"

"嗯,聊了两句。更让人吃惊的是,他居然是神父。我问,基督教的神父为什么一副印度教徒的打扮?他说,既然来到印度,就要穿本地服装才合适。他搬运的是那些在路边垂死的穷人的尸体。"

美津子移开视线,沉默了片刻,用嘶哑的声音问:"他叫什么名字？"

"这倒没问……听说他住在这个小城的阿修拉姆。我来这里好几次，还是第一次见到那个日本人。"

"阿修拉姆？"美津子的声音依然嘶哑。

"印地语里的'修道院'。"

是大津，那个男人是大津。美津子压抑着涌上心头的感情。

"您有什么想法吗？"

美津子转过脸去，点点头。

"我想……他是我大学时的……同学。"

江波似乎察觉到了什么，停顿了一会儿改变了话题，询问美津子是否吃过了早餐。

"马上去，在那之前再去看看木口先生。"她回到木口的房间，回味着掠过心头的感情。

那个几经挫折和失败的大津，现在在这里往火葬场运尸体。"如果不喜欢神这个叫法，叫他洋葱也可以。"索恩河畔大津嘶哑的声音如余烬残留在耳边。他无怨无悔地为洋葱而活，为美津子找不到的东西而活。

美津子朝木口的房间瞥了一眼，就回自己房内洗了把脸，下楼去餐厅。游客在早餐之后、中午之前有一段自由活动的时间，有人在庭院散步，有人上街走走。餐厅里，印度人正命令少年整理吃过的餐盘，还有一个人抽着烟，眺望窗外的树木，它们仿佛被窗玻璃割裂成了蕾丝网状。

"早安。"美津子招呼。

"是成濑小姐吧？我姓沼田。听说早上您为了照顾木口先生留在了这里。"

"与其说为了照顾木口先生，不如说是我自己很喜欢这里。"

"是吗？我也是自愿留下来的，今早到了恒河后我才决定的。不会给他添麻烦。"沼田和气地笑着，"我写童话，写过一个九州八代海的故事。那里的人们相信，人死后会变成鱼，在海里继续活下去，大海是他们的下一站。对那里的人而言，大海就像印度教徒眼中的恒河。"

美津子觉得跟沉醉在这种故事里的男人一起留在饭店不会有问题，于是喝了一口服务员送来的大吉岭红茶，回答说："您能留下来，我更放心了。"

幸运的是，木口的血液检查报告显示他没得疟疾，发烧是因为天气炎热加上年老体弱导致的细菌感染，不需要住院，只要静养几天。临近中午，江波才从那个年轻医生那儿打听到这个消息。

美津子还是不放心："诊断结果可信吧？"

"没问题，是我拼命求瓦拉纳西大学附属医院的值班医生过来看完病得出的诊断报告。这样一来，您也可以跟着游行团继续旅游了。"

"不，我还是留下来吧。我留下，木口先生也比较安心。"

"这可难办了。矶边先生、沼田先生和三条夫妇都说了同样的话，三条太太还说接下来都不想在印度逛了。"

以江波的立场来说，考虑到木口的状况，美津子留下来比较好，这么一来也不用从加尔各答另请日本人过来了。

两点钟，准备去往菩提伽耶的大巴来了。矶边、沼田和美津子送大家到门口。车子一开走，饭店庭院瞬间变得空荡荡，只有秋千在暖风中摇晃着，发出吱吱声响。

"真孤单呀。"矶边听着秋千的吱吱声嘀咕。

空无一人的庭院里，连虫声都显得微弱。远处康特车站隐约传来嘈杂声，沼田像是突然想到什么，问道："三条夫妇呢？"

"不知道。"

"接下来您准备做什么？"

"我……"矶边支支吾吾，"出去一下。"

"去恒河吗？"不知情的沼田说，"我跟您一起去。"

"对不起，其实……我有些私人琐事，想一个人去。"

察觉到情况的美津子向沼田使眼色："沼田先生，要是木口先生情况良好，您带我去恒河吧。"

"好啊。我喜欢那条河，多看几次也不厌烦。"

三人返回二楼，美津子和沼田去了木口的房间。

矶边打开房门，坐在没收拾的硬邦邦的床铺上，面向光线强烈的窗户。他想到卡姆罗治村的少女拉吉尼·普尼拉，那个弗吉尼亚大学来信中提到的少女。

来印度后，矶边比在日本时更想念妻子，更怀念两人的日常生活，共度的那些微不足道的瞬间。

当他穿鞋准备上班时，妻子会从背后叫住他："今天晚回来吗？"

"不，我回来吃饭。"

"晚上吃火锅，好吗？"

"随你喜欢，我无所谓。"

矶边怀念那样的清晨，那些平常的对话。有一次妻子正娴熟地编织毛线，他边看围棋杂志，边在棋盘上落子，突然叹了口气："还是不行。"

"什么不行？"

"学了五年还没有升初段。今天午休时我和石川下了一盘，被打败了。他才学了三年。年纪大了，记忆力也不行了。"

"你不是下得很高兴吗？"妻子停下手头的活，安慰道，"管他下得好不好，下得高兴不就行了嘛。"

妻子生前，他根本不会留意这些极其平常的对话场景，不在意所谓的幸不幸福。来到这个遥远的国度，他为什么会在午后的饭店房间里，清晰地想起这些？妻子是平凡的家庭主妇，他也是普通的丈夫。直到临终前，内敛的妻子才显露令他意外的一面。

矶边换上运动鞋，拿着钥匙、地图和相机走出房间。

等出租车时，矶边向前台经理打听卡姆罗治村的方位。可能是江波提前交代过，留着胡须、肤色有些黑的经理朝不放心的矶边摆出"OK"的手势，意思是他会转告司机的。

出租车来了。矶边在滚烫的座椅上坐下，感到一种类似痛苦的悸动。妻子活着的时候，他从未想过转世的事。妻子的那声呐喊，如一辆大型汽车突然开到他面前，改变了他以后的人生方向和目的地，重生和转世这两个词出现了。

可是矶边还是将信将疑。弗吉尼亚大学研究员热情的来信，还是没能打消他的疑虑，只有那时妻子的声音是真实的，他只能相信隐藏在心底的对妻子的爱。如果有人问他来世希望和谁结婚，现在的矶边一定毫不犹豫说出妻子的名字。

美津子打电话到病人房间。

"喂。"马上传来了木口低沉的声音。

"您感觉怎么样？"

"哦，是您呀。托您的福，烧基本退了，也有精神了。多亏您照顾。"

"那就好。食欲怎么样？"

"江波帮我叫了餐，汤和三明治送来了房间，三明治还没吃。傍晚，医生可能会再来一次。"

"我可以上街走走吗？当然，我会从街上打电话回来。"

"给您添麻烦了。我已经好多了，您去吧。"

美津子收拾完来到大厅。沼田膝上放着写生本，正在等她。

"木口先生在慢慢康复了。"

"太好了。"

"可以等我再打一通电话吗？"美津子在前台接通了瓦拉纳西

的教会电话，铃声响起但没人接，终于有人接了，却是一个年长的女人用嘶哑的嗓音说着印地语。美津子请前台的服务员来听，得到的信息是没有姓大津的日本人，会说英语的传教士也都不在，她只打听到教会地址。

"您要在这里找什么人吗？"坐上出租车，后座的沼田问起刚刚的电话。

"今天早上游览恒河时，您有没有遇到日本人？"

"日本游客？"

"不是，是在火葬场工作的人。"

"哦，那个打扮成印度教徒的日本人。"

"那个日本人应该是我大学时认识的人，他想当神父。"

"您想到恒河看看是为了去找他？"

"说不定他还在火葬场。"

"你们很熟？"

沼田不经意间问出的话让美津子不由得脸红了。她还清楚地记得大津曾埋头在她胸口的模样。

"好臭。"她突然换了话题。

"什么的臭味？"

"人的臭味，其他国家没有的臭味。"

"您讨厌吗？"

"不讨厌，反而很喜欢。臭味不会让我疲倦。相反在欧洲，我不太了解，比如法国吧，待三四天就累得筋疲力尽。"

"哦，为什么呢？"沼田用好奇而喜悦的眼神看着美津子。

"法国太有秩序了，没有混沌不明的东西，缺乏嘈杂和混乱。在协和广场或凡尔赛宫花园散步，还没感受到井然有序之美，就先感到疲倦了，我的性格就是这样。跟法国相比，印度的杂乱无章、万物共存、印度教善恶交织的女神像反而合我的胃口。"

"西欧人不喜欢混沌，而您喜欢混沌，对吗？"

"没那么深刻，只是喜欢或不喜欢。"窗外吹进带着凉意的风，看着沼田天真的眼神，美津子一时放松下来，开玩笑说，"我是个连自己也看不透的混沌女人。"

"哦。"沼田含糊地回答。

像昨天一样，他们在夕阳映照下走入嘈杂的街市。摆在商店门前的镀银盘子和水壶反射着夕阳的光，行人和人力车并排伫立在巨幅印度电影海报前，乌鸦像音符停在电线上，脖子上挂着铃铛的牛羊让汽车停了下来。

妻子死后，矶边才理解什么是夫妻之间的缘分，那是茫茫人海中觅得人生伴侣的缘分。那的确是偶然的相逢，但现在的矶边感到，那是缘分天注定。

透过出租车的窗户，他看到干燥泛白的道路一侧长着连绵不断的榕树。车扬起沙尘，林荫树前方是广阔的小麦田。两只秃鹰停在快要坍塌的农家墙壁上，田地里农夫牵着黑色大水牛缓步前行。目之所及是印度随处可见的田园风光。

矶边沉浸在有关妻子的回忆中。

为了纪念结婚二十周年，他们夫妇第一次去了北海道旅行。他们没有坐飞机，选择了穿行东北的卧铺车。夏天的傍晚，列车从上野车站出发，车窗掠过的树叶闪闪发光，暗红色的天空下，群山显得那么美丽。矶边无意中发现妻子脸上浮现出微笑。她默默注视着遥远的群山，新婚旅行后和丈夫的第一次旅行，她肯定觉得很幸福。矶边却很难为情，起身去餐车买饮料。回到座位后，对脸上还带着微笑的妻子小声喝道："嘿，我买了饮料回来。"

像这样平平无奇的回忆，如水泡般一个接一个浮起又消失。

出租车行驶在凹凸不平的道路上，颠簸着经过几座村子。每个村子都有共用的水井，井旁放着水壶或水桶，女人们用来洗发或洗脚。男人在倾斜的棚屋里理发，光着身子的孩子绕着井奔跑。

妻子要在这样被太阳暴晒的村子里转世，光是想想，矶边的胸口就像被铁钳夹住了似的。他不敢相信妻子就混在那些在脏兮兮的水井旁、光着身子追逐打闹的孩子们当中。矶边心想我究竟在做什么蠢事，好像在做梦，紧紧握了握攥着手帕的手。回去吧——矶边在心中对注视着前方的司机说。话到嘴边，司机仿佛感应到矶边似的，突然回过头来。"卡姆罗治！卡姆罗治！"他指着沙尘飞扬的远方，意思是马上就要到目的地卡姆罗治村了。

他手指的方向跟刚才经过的地方有相同的风景，榕树成排生长，麦田上乌鸦飞舞，农夫牵着水牛，临近傍晚的夕阳猛烈地照射万物。

矶边闭上眼睛，想听听妻子的声音，一直回荡在耳边的临终遗言，今早之后都没有再出现。

出租车扬起灰尘，停在井前。这里也有一群光着身子的孩子，他们的母亲或姐姐举着水壶往头上浇水，水弄湿了纱丽。她们不安地注视着下车的司机和矶边，孩子们则伸手要钱。

这群孩子中，有一个头发和眼珠乌黑发亮的少女。她也来到矶边面前，示意要东西吃。

"拉吉尼。"矶边拿出纸，照着江波写的印地语念。

"拉吉尼？"少女摇摇头，手还是伸得长长的。

"拉吉尼，拉吉尼，拉吉尼。"孩子们模仿矶边的发音起哄，但他们好像没有听懂。矶边涌起一股人生遭遇挫败的悲伤。

"这次旅行有什么特别喜欢的东西吗？"

"我？"美津子沉默片刻后说，"首先是恒河，其次是在那个桑拿地下室里的恰门陀女神像。江波当时说的话也很有意思，他满头大汗，汗水把地板都打湿了。"

美津子想起女神被熏黑的样子，扭曲的身体如纠缠的树根。在新德里被女神迦梨慈悲与残暴共存的形象打动，这酷热与窒息中忍耐的二十分钟，让她觉得这个城市来对了。

今天，河坛附近的路上，除了孩子，还有一排排失去手指的麻风病患者在乞讨。男男女女们用脏布条遮掩腐烂的皮肤向沼田和美津子发出呻吟。

"同样是人，"沼田再也忍不住，带着哭腔说道，"他们也是人呐……"

美津子不想回应，她内心传来"作为游客我们又能做什么呢"的声音。三条、沼田他们廉价的同情让美津子焦躁不安，她不想"模仿爱的行为"，她想要真正的爱。

河坛上的景象和昨天一样。长发印度人的多提湿漉漉的，正接受坐在大伞下的僧侣的祝福，靠近火葬场的地面上摆着用黑色布条严实包裹的尸体。火焰中，别的尸体正在燃烧，褐色的野狗和不祥的秃鹰群正远远地觊觎着火化残留的人肉。

"是个老妇人。"沼田看着尸体细瘦的脚和脚踝嘟囔。火焰下看不到脸。美津子把这个老人的人生和女神恰门陀重合到一起，老人也像女神那样在世上受苦、忍耐，用干瘪的乳房哺育孩子，然后死去。而大津就像背负着十字架，把这些受苦的人背到这条河里……

"看到他了吗？"

"谁？"

"我的朋友，今天早上你们见到的那个日本人。"

"那个人啊……没看到。"

"果然不在。"

"他是神父？打个电话直接去教会找他怎么样？"

美津子突然想起了矶边。他现在在哪里呢？找到信上那个村里的少女了吗？自己在这里寻找大津，矶边也在寻找死去的妻子。

"沼田先生，您相信转世吗？"

"我嘛……很遗憾，说实话我对此不太了解。"

"我也一样。可是人生中有许多我们不了解的东西。"

"什么意思？"

"我在想我的朋友在这里做的事。一般人看来，他选择了一种很愚蠢的生活方式……来这里之后，我却感觉他似乎并不愚蠢。"

美津子按了教会的门铃许久，却没人应答，她觉得继续按下去显得很不礼貌。就在这时，她听到趿着木屐的脚步声。门开了，一个穿着白色修道服的白人老神父严肃地看着美津子。

"请问大津在这里吗？"

一听到大津这个名字，老神父古板的脸上浮现出极为不悦的表情。

"我是他大学时的朋友。"

"我对他一无所知。"

"他现在在哪里？"

"我不知道。"

"是在这个城市吧？"

"大概，其他我一概不知，我们不对他负责。"老神父的表情坚定，像西部片里维持法律的老警长强忍着不快谈论违法之徒，说完就急忙关上大门。

夕阳将教会对面的墙壁染上一层薄薄的色彩。两条黑色的野狗在墙角的垃圾堆里翻找食物。美津子觉得她好像被抛弃了。不!被抛弃的不是她，是大津。从刚才的对话中，明显能感到，那个长着一副西部片里警长面孔的老神父很不喜欢大津。如同在里昂的修道院无法融入群体一样，大津在这里恐怕也失败了。

"知道他去哪里了吗？"沼田站在出租车前问。

她摆摆手。"没问到。"

"等您的时候，我和司机闲聊了一会儿。他不太清楚有没有日本人在恒河的火葬场搬运尸体，但他说附近有一家公寓是一个嫁来印度的日本女人开的，建议我们去那里问问。"

"公寓叫什么名字？"

"久美子公寓。好像有不少日本年轻游客住在那儿。"

"那就联系看看。"

"我们找一家饭店吃晚饭，在那里试着联系一下，怎么样？"

他们请司机载他们去最近的德拉克斯饭店，但司机似乎记成了克拉克斯饭店。出租车穿梭在人、牛和人力车的旋涡中。突然前方响起一阵爆破似的音乐声，警笛在人群的叫声与笑声中响起好多次。

"结婚，结婚。"司机笑容满面地向沼田和美津子解释。前面的饭店正在举行盛大的婚宴，所以路上十分拥堵。

"车子能过去吗？"沼田有些担心。

"No problem."来印度以后，他们已经听过好几次这样的回答。

虽然司机说没问题，但五分钟过去了，十分钟又过去了，车子还是寸步难行。

"饭店的名字叫什么？"沼田忍不住又问一次。

司机若无其事地报出和刚才一样的名字："克拉克斯饭店。"

沼田与美津子对视了一眼，不由得笑出声来。

"真不知道他是认真的，还是在开玩笑。"

"这也是印度嘛，我们也去看看印度的结婚典礼吧。"

两个人抛下出租车，兴高采烈地走在车水马龙的街道上。饭店门前的树上挂着许多圣诞树装饰般的小灯泡，乐队敲着大鼓，吹着喇叭。身穿晚礼服的年轻人和裹着豪华丝质纱丽、点着额痣的女人接二连三地走进饭店。

"是有钱人家的结婚典礼呢。"沼田嘟囔着，"跟我们在河边看到的那些人完全不同。"

美津子问旁边披着华丽纱丽的女孩："大家在等什么？"

"等新郎骑着白马来。"女孩的圆脸上有酒窝，她用流利纯正的英式英语回答。

"白马？"

"是啊，新郎骑白马到新娘家迎娶，这是我们国家美好的习俗。"

暂停的乐队又奏响了喧天的音乐，西装革履的年轻人们欢呼着，拍着手一齐涌来。

缠着红头巾、骑着白马的新郎终于出现了，马受到音乐声刺激，他笨拙地从马背上滑下来，像获胜的竞技选手那样高举双手。

围着他的宾客们从花篮里拿出白色和红色的祝福花朵投向他。

"您是游客？"带酒窝的圆脸少女友善地看向美津子，"您是日本人吧？"

"是的。"

"第一次看印度的结婚典礼吗？要不要一起进去？饭店的庭院里有'花园派对'。"

"我没有受邀请，还有朋友和我一起。"

"在这里没有受到邀请也能参加喜宴。"

美津子把胆小拘谨的沼田强行拉进饭店的庭院，那里的树上也都挂着小灯泡，白得刺眼的桌子上摆着饼干水果，临时搭建的舞台上有三个舞女跳着妖媚的舞蹈，四名乐师在用各自的木制乐器伴奏。

酒窝少女向朋友们介绍沼田和美津子，满面笑容的年轻人们很快把两人围住。"觉得有意思吗？"

"很有意思。"

"因为跟日本的结婚典礼不一样吗？"

"不是这个意思，"美津子又有了破坏的冲动，"是因为结婚典礼非常有印度特色。"

"哦？"围着她的年轻人都露出高兴的表情。

美津子却报以厌烦的脸色。"刚才在恒河边看到很多伸手乞讨的孩子，而三个小时后……"她搜寻着不如法语擅长的英语表达，只要能表明意思就足够了，"看到不同阶层的人在举办这么豪华的派对。"

礼貌的笑容顿时从衣着考究的年轻人脸上消失了，他们变得神情严肃，互相谈论起来。一个戴眼镜的人用牧师般的语气解释："这位女士恐怕是在批评我们的种姓制度吧？"

"我不是批评，只是为差距太大感到吃惊。"

"我来解释。"年轻人的语气更像牧师了，或是像美国电影里的年轻律师，"您听说过安贝德卡尔博士吗？"

"没有。"

"他制定了印度宪法，印度独立后当过司法部长，他制定的宪法废除了宗教上的阶级差别。我想您一定知道，我们尊敬的圣雄甘地把不可接触者称为'神之子'。"

对于青年演讲般的语调，美津子听起来有些困难，不过能听懂大概。看着他的嘴一张一翕，美津子突然想起江波无意中说过的话："印度知识分子最让人讨厌的是他们极强的自尊心，又喜欢摆架子和长篇大论。"

"现在有不可接触者当了公务员，也有的在大学供职。"

"我知道。"

"外国人常问一些相同的问题，可印度一直在进步。您读过尼赫鲁和现任总理英迪拉·甘地的往来书信吗？那是世界闻名的畅销书，一定也有日文版。"

"我想在东京是畅销书，不过我没看过。"

"您必须看一下。那本书里，尼赫鲁写信给女儿英迪拉，谈到亚洲正遭受欧洲的压制，亚洲曾经领先欧洲，完成复兴就是印度人的使命。"

青年单调的长篇大论让人厌倦。在穿着各色各样纱丽和礼服的宾客中，美津子没看到沼田的影子。

"您认为就女总理而言，英迪拉·甘地怎么样？"

"我对印度的政治一无所知。"

"她是印度之母。用女性的温柔和韧性化解了印度各宗教、各民族间的对立与矛盾。"

"对不起，我要去找朋友了。谢谢您的解说。"

"我们也很高兴能消除您的误解。"

她不相信这样的论调。青年空洞的谈话内容中，美津子最讨厌的就是腐鱼般的伪善臭味。女神迦梨身上，邪恶与慈悲共存，她那里没有伪善；女神恰门陀身上，苦恼、疾病与爱像树根般交错，也没有伪善。美津子爱着那个有女神迦梨、恰门陀和恒河的印度，对这个青年的演讲喜欢不起来。

踏实的笑容又回到那些包围着美津子的年轻人脸上了。他们肤色浅黑健康，有着社交圈应有的温和个性。

"来点儿宾治酒？"酒窝女孩又出现了，她像刚回到战时被摧毁的街镇，怯生生的。

"谢谢。"美津子又挖苦道，"比起宾治，我喜欢更烈的酒。我要去找我的朋友了。"

美津子离开庭院回到饭店门口，沼田在门口无聊地浏览橱窗。

"总算逃出来了，我们快走吧。"

"成濑女士被包围了，很受欢迎啊。"

"我被迫听了关于印度宪法的长篇大论，就像宾治酒一样，口味混杂。"

沼田不明白她的意思，好心地说道："我给久美子公寓打了电话。"

"真的？结果呢？"美津子兴奋地问，"打听到什么了吗？"

"嗯，"沼田犹豫片刻后说道，"听说您的朋友经常出现在一个不体面的地方，去那里就能找到他。"

"不体面的地方？他在做什么呢？"

"不知道。怎么样，要不要去那里看看？"

"可我累了。"美津子叹了口气，突然抱怨起来。这个下午好像被看不见的大津捉弄了。她对陪着自己的沼田说："对不起，浪费您的时间了。"

"没关系。比起去其他城市，还不如留在瓦拉纳西。对了，我们去哪里吃晚饭？"

"我们回住的饭店吧，我可不想再被参加婚礼的人包围了。"

举办婚宴的饭店前还有乞讨的孩子。宾客从饭店出来，往他们头上撒零钱，孩子们就趴到地上抢。看到这样的画面，美津子想起那个年轻人说的"神之子"和他牧师般流畅的说教腔调了。

"穿过这里似乎就是大马路了。"沼田率先走进一条洞穴般的小路。

动物的臭味和尿骚味迎面而来。美津子屏住呼吸，沿着这条传来嘈杂声的小路前行，有如走在口腔深处。脚似乎碰到了什么，她不由得喊出声来。

"怎么了？"

"我好像踩到什么东西了。"

沼田俯身看脚下。"是个人，还活着……"

"是生病了吗？"

"不知道，说不定是饿晕了。"

沼田像结婚典礼上的宾客一样把零钱撒到地上，零钱发出空洞无力的响声。

九 河

回到饭店唯一的餐厅时，一个年轻的服务员正坐着打盹儿，矶边坐在正中央那张桌子旁喝酒，桌上放着一瓶威士忌。一只壁虎像被粘在了墙上，紧紧吸附着墙壁一动不动。

"我们回来了。"美津子向矶边打招呼，和沼田坐到洒了番茄酱的桌子旁。看矶边一脸的醉态和汗涔涔的额头，就知道他虚度了一天。

"怎么样？找到您的朋友了吗？"矶边抬头问道。

"没找到，白跑了一趟。"

"这样啊，我……也一样。"

"人不在那里了吗？"

"听说为了找工作，举家搬来了这里。"

"住哪里呢？"

"没办法知道，那个村子太穷了，以前的日本都没有那么穷的村子。"矶边的声音充满绝望。敦厚如他，喝成这个样子，看着就知道内心有多痛苦。

沼田和美津子把端上来的瘦鸡肉默默地送进嘴里。

"成濑女士，您知道我回来路上做了什么吗？"矶边倒着威士忌，口中含糊地说道。威士忌倒了半杯左右。"我……去找占卜师了，去了一个印度占卜师家里。"

"您相信吗？"

"一点儿也不信。就连这封信上说的，我妻子会转世，我也不信。但人很奇怪。可能我不想认输，也可能想抓根救命稻草。载我的出租车司机大概是同情我，突然建议我去找城里有名的占卜师。不愧是印度，据说那个占卜师可以推算人的前生和来世。我太可笑了，居然真的去了，想想都觉得可笑。"他自暴自弃地把琥珀色的液体一饮而尽，"占卜师是个穿立领衣服的男人，对了，尼赫鲁就经常那副打扮，他长得像个大学教师，手指上戴着镶嵌大颗宝石的戒指。他胸有成竹地告诉我，我妻子已经转世了，现在过得非常幸福。他从柚木箱子里拿出一大本书，用罗马字写下我妻子的名字，不知在算什么，然后向我要了个高价。"

美津子静静地低着头拿着刀叉吃东西，追逐幻影的矶边心情沉重，不明原委的沼田也被他的情绪感染，没有吭声。

"我问我妻子现在在哪里，他说要查一下，让我明天再去。无非是胡编一个地址骗钱罢了。"

"您还去吗？"

"去。虽然有点儿难为情，但要做个了结，彻底断了自己的念头。说起来，我千里迢迢跑来印度，做到这一步，死去的妻子也会成佛吧。是吧，成濑女士？"

美津子眼前浮现出那个躺在病床上、没有一句任性话的女子，以及几乎每天下班都去探望她的矶边。这是一对随处可见的夫妇，他们之间有着别人无法窥看到的只属于他们自己的故事。

"不好意思，我失态了，喝得晕头转向。"矶边回过神来，带着哭腔向一直没有说话的两人道歉，然后他拿起还剩三分之一的威士忌站起身来。"对根本不存在的转世抱以期望，我真失败。"他又是哭又是笑地离开了餐厅。

"他怎么了？"沼田吃惊地问。

"怎么了……"美津子装糊涂。她忽然意识到，在追求幻影这一点上，自己和矶边没什么两样，"不过我更担心木口先生，我去打个电话。"

第二天，十月三十一日，发生了一件大事。

早上美津子化好妆来到楼下，前台空无一人，十几个工作人员凑在餐厅里唯一的电视机面前，连沼田和刚恢复身体的木口也顾不上吃饭，都紧盯着电视。电视画面是一身纱丽打扮的总理英迪拉·甘地静止的脸。

看到美津子，沼田说："糟了，英迪拉·甘地被杀了。"

"印度总理吗？被谁杀了？"

"不知道。"

美津子凝视着画面上的银发女总理。播音员重复着："据政府发言人称，今天早上九点多，总理在官邸被暗杀。"

"不得了。"

沼田坐到餐桌旁的椅子上，木口也坐下来叹了口气。

沼田点点头说："说不定会限制游客活动。江波先生和其他日本人原本明天回来，如果发布戒严令，我担心国内航班会停飞。"

"我想江波先生一定会跟我们联络。"美津子小声说道，"先等等吧。"

从昨天起就没露面的三条夫妇满脸愉悦地走进餐厅，三条已经把珍爱的相机挂在肩膀上了。

"早上好，今天天气也不错。哎呀，发生什么事了吗？"

"印度总理被暗杀了，就在今天早上。"

"这样啊，所以大家都聚在这里？但是这和我们没关系……"

"别开玩笑了，说不定我们回国的时间也会推迟。"连沼田的声音也带着怒气。

三条妻子的娃娃脸顿时扭曲了。"那怎么办？就说该去欧洲嘛！"

"可我们在这里拍了好多照片啊。照片毕竟是素材。谁拍到独家照片，谁就赢了。"三条不停地辩解。

前台的电话铃声急切地响起。盯着电视的工作人员像是收到信号，一下子散开了。接着从前台传来一个声音："成濑女士，您的电话。"

美津子正低头翻看早餐菜单，很快意识到是江波打来的，于是起身去接。果然，江波急切的声音从听筒另一侧传来。

"今天早上发生的大事，您知道了吗？"

"知道了，电视上看到的。您现在在哪里？"

"在巴特那，这里现在还算平静。德里好像出动了军队，情况不明。我们明天一定会回瓦拉纳西。你们见机行事，注意安全。据说今早的事件是锡克教徒在发泄不满，街上或许会有火烧等暴动，你们外出要格外小心。"

"知道了。"

"木口先生好吗？"

"早上和我们一起去了餐厅。"

美津子挂了电话，矶边才一脸疲惫地出现在餐厅。

"昨天晚上说多了，真对不起。"

"我明白。"

矶边听到暗杀的新闻，从宿醉中清醒过来，紧紧盯着电视。画面上出现了总理官邸周围警戒的坦克和军队，新德里到处都是烟雾。工作人员再次涌进餐厅。六个日本人艰难地听着印度英语，才知道总理正准备接受电视采访，在从官邸到办公室的小路上，遭到了贴身警卫、也是一名锡克教徒的枪击。

"锡克教徒到底是什么人？"早餐等了好久才送上来，三条边吃边问。

江波不在，剩下的日本人完全不了解印度教徒与锡克教徒之间复杂的对立关系。

"旅游指南上说，他们是头缠白布、带着短刀的家伙。"沼田心虚地回答。

"总之，在情况明朗前，大家还是留在这里吧。"美津子提议。

三条拿起相机懊恼地说："没关系，没关系。饭店庭院里还停着出租车呢，我很冷静。真是太可惜了，要是在德里，说不定可以拍到普利策奖级别的照片。"

"你听清楚了，你一个人想做什么都无所谓，但别给大家添麻烦。"木口责备的语气强硬得不像是大病初愈的人。

直到下午，大家都在餐厅或房间待命。新德里已经发布了外出禁令，印度教徒与锡克教徒冲突不断，多处发生火灾。然而这个城市好像什么事都没发生，气温上升，庭院里小鸟发出清亮的啼鸣。

三条询问前台："可以外出吗？"

"No problem."

"我出去一下。这里的地毯又漂亮又便宜，我太太的娘家人托我买一些。"他对还盯着电视看的沼田说，"不能因为这种无聊的事破坏了难得的旅行。而且，如果参观古迹，我太太又要打退堂鼓了，但是去买丝绸和地毯，她一定同意。"

房间里窗帘紧闭，遮住了午后的阳光。矶边把瓶中残留的威士忌倒进杯子，喝了起来。恍惚间他好像又听到了那天叫卖烤红薯的声音。"烤红薯喽，烤红薯。"

房间和他的内心一样空虚，一道白色的光线从窗帘的缝隙里漏进来，一只蟑螂迅速钻进磨破的地毯里。"都是你的错。"矶边向妻子辩解，"我找过了……哪里都没有你。"他想起小时候和妹妹玩捉迷藏。"我找过了。"

"我当然在。"

"除了那个骗人的占卜师，我没有任何线索。"

矶边不想再听到妻子的声音，把热酒灌进喉咙。"今天新德里的突发事件让我从自己的愚蠢行为中清醒过来。如果没发生这件事，我可能已经去找那个穿立领的占卜师了。"天花板上的旧电扇吱呀吱呀地转，他抱着字典一样大的书，把它重重地放在桌上。他的手指上还戴着镶嵌宝石的大戒指，他一定用那根手指从某个欧美富太太那里卷走了钱。

"她喜欢占卜。"

矶边突然想起，每逢正月和妻子去神社参拜时，她一定会求签。神社职员看完签，递给她的解签纸上如果写着"吉"，她就会一个人在那儿笑。在这个遥远炎热的国度，妻子的这些生活细节一一浮上心头，是从前的矶边毫不在意的。

醉意周身蔓延，矶边凝视着午后洒向地板的白色光线。这是印度的午后阳光。

美津子坐在自己房间的橙色沙发上，同样看着那道白色光线。老旧的空调不断发出细微的杂音。好不容易来到印度，却度过了毫无意义的一天。为什么要来印度？不，比起这个问题，她更想问自己，为什么不像其他人一样去逛逛名胜古迹，非要待在这座城市呢？她对大家热衷的泰姬陵、印度舞几乎都没兴趣。能打动她的只有恒河和江波口中的女神恰门陀，那个患麻风病，被毒蛇咬，却用干瘪的乳房哺育孩子的恰门陀。那是在现世痛苦中喘息的东方之母，和气质高雅的欧洲圣母截然不同。

窗外照进来的白光，让美津子突然想起放学后文化之家的小教堂。那天她在那里不怀好意地等着大津，楼下传来庄严的钟声，她打开眼前封面快要脱落的《圣经》。

他无佳形美容，我们看见他的时候，也无美貌使我们羡慕他。

他被藐视，被人厌弃，多受痛苦，常经忧患。

他被藐视，好像被人掩面不看的一样，我们也不尊重他。

他诚然担当我们的忧患，背负我们的痛苦。

我为什么要找他？

女神恰门陀的身影和他重叠了，里昂看到的大津寒碜的背影和他重叠了。仔细一想，美津子不知不觉在跟着大津追寻某种东西。她在追寻那个从前被她藐视和抛弃、"无佳形美容"、绰号小丑的男人，那个成为她自尊心的玩具，又深深伤害了她自尊心的男人。

敲门声响起，沼田的声音打断了她的思绪。"街上还算平静，三条夫妇和矶边先生都出去了，我也想上街看看。一起去吗？"

天花板上的电扇缺少润滑油，和昨天一样吱呀作响。墙边的书架上摆满了皮质封面的书，以示威严。占卜师穿着尼赫鲁式的立领衣服，坐在书架前的大桌子旁，说"No problem"。

他用银色的派克笔在纸上写了些什么，就向矶边伸出戴戒指的手。他写的是矶边询问的地址。矶边注视着占卜师，只见他脸颊上浅淡的狡黠微笑像水蒸气般消失了。一瞬间矶边明白了，但比起愤怒，想放弃的心情蔓延开来。

占卜师紧接着说："一百卢比。"

矶边到了屋外。临近傍晚，闷热的空气仍然笼罩路面，一丝风也没有。载矶边来的出租车司机正顶着酷热等他。这里也有幼小的姐弟把手伸得长长的，缠着他要钱，就像占卜师一样。

看着面前这个四五岁的小女孩挨饿的样子，矶边突然觉得很恐惧，说不定她就是妻子。这个念头像刀刺向他的心口，他匆忙给了她一些零钱，躲进了出租车。

司机看了一眼纸片上的地址，点了点头，踩下油门。机动三轮车轰隆隆地从一旁驶过，卖甘蔗汁的小摊前卧着一头牛。矶边漫不经心地看着这些情景，感觉像在做梦。他不相信转世的妻子会在占卜师说的那个地方，不过就像临终关怀医院的癌症晚期患者，即使生命将尽仍抱有一丝希望，他也怀抱着某种徒劳，对自己说：做完该做的事我就死心了，就能彻底死心了。

简陋棚屋林立的小广场上，有两三台人力车正在等客。脚踏车和人力车的修理店里，几个男人正忙着组装车子。路边摊上摆着色彩鲜艳的湿婆神画像，一个女子蹲在路旁，水果放在旁边地上。

"就是这里。"司机停下车。

"这是谁的家？"矶边问。

司机摇摇头，把占卜师给矶边的纸递还给他。

粗糙的纸上只写了街道名称，没有门牌号。尽管早有心理准备，矶边还是感到深深的懊恼。他下车走入修理店。

"你认识叫拉吉尼的女孩吗？"

"拉吉尼？"

"拉吉尼，小女孩。"

男人们疑惑地看了看矶边，用印地语唾沫横飞地交谈起来。其中一个掉了牙的老人指向道路深处，用浓重的鼻音说："拉、吉、尼。"

黄昏的暑气中总算有了一丝凉意。沼田和美津子都已习惯瓦拉纳西混杂汗水、家畜、泥土的气味。一进城，这种气味更为强烈了。

"鸟店，鸟店。"沼田自言自语。

"怎么了？"

"中途可以去一下鸟店吗？"

"当然，沼田先生也陪我花了不少时间。想去鸟店买什么吗？"

"鹩哥。"

"鹩哥？东京不是也卖这种鸟吗？"

"那些全都被切掉尾巴了，我想买野生的。"

美津子惊讶地看着沼田，但没有追问。她也有不想跟任何人说的秘密。在医院做志愿者的时候，有些患者（主要是中老年女性）想要倾诉，美津子总是转过身假装没听到。她想展现拒绝的态度，因为就算听到也没用。她常用的借口是："护士长禁止志愿者干涉患者私事。"

美津子不问买鹩哥的理由，让沼田有些不满。

就在这时，美津子指着一间简易棚屋说："咦，那不就是鸟店吗？"

沼田急忙转身，只见猴子被绑在木桩上，鹦鹉在层层重叠的灯笼状的鸟笼里啼叫，鸡在箱子里吵吵闹闹地走来走去。

"有没有 Great Hill Myna？"沼田在店门口问。

美津子不知道鹩哥的英文名字，明白了沼田并非临时起意，而是旅行前就计划好的。沼田和鸟店老板聊了一小会儿，把自己的名字和住的饭店告诉他，回到美津子身旁。

"他会把鹩哥送来饭店。"

"您准备把鹩哥带回日本吗？"

"不。"沼田意味深长地笑了，"恰恰相反……鹩哥救过我的命，我想报恩。虽然仔细想想有些多愁善感……"

外观上看不出建筑物之间的区别。每一家墙壁上的漆都像患了皮肤病一般剥落斑驳。其中有一处是沼田从前台打听到的妓院。

"您的朋友就算不在这里，我们或许也能找到一些线索。"

"这样的事都麻烦您，真不好意思。"

"没关系。我也觉得您的寻宝游戏很有趣，不过您为什么这么执着想找那位神父呢？"

美津子冷冷地回答了沼田唐突的问题："跟您想买鹩哥一样。"

"这样啊。"沼田不明美津子语气冷淡的原因，"现在怎么办？我进去问问？"

"不，带我一起去吧，一个女人站在门口反而奇怪。"

"也有道理。"

两人正要踏上油漆剥落的楼梯，路边一个注视着他们的男人摆了摆手："No, lady, no."

沼田转头回答他："No problem."

楼梯上到处积着污水，中庭像个垃圾场，挂着脏兮兮的衣物。楼梯尽头有一道木门，圆形的窥视孔像怪物的眼睛瞪着这边。按下门铃，有人从窥视孔往外看了看。

"You, welcome."

随即传来转动钥匙的声音，一个只剩两颗门牙的男子微笑着探出头。他一看到美津子，马上说"Lady, no"。声音和语气跟刚才的路边男子一样。

沼田说："我们在找一个日本男子，他来过这里吗？"

"No."

男人正准备关门，沼田从口袋里掏出一美元，关了一半的门停下了。美津子往里看去，房间深处有扇像笼子的格子门。隔着格子门，几个女人裹着抹布似的纱丽，投来异样的眼神，她们的眼睛像野猫的眼睛。其中一个还是少女，斜坐在破旧的寝具上。

男人手里又多了一美元，他脸上浮现出卑微的笑容，一副被收买的叛徒表情。

"他还没有来。"

"什么时候来？"

"不知道。"男人脱落的牙齿间发出笨拙的声音。

"他在哪里？"

"不知道。"

"如果他来了，请他给我们打电话。"

又从沼田手里拿到一美元，男人不屑地笑笑。听到楼下传来脚步声，他像赶狗似的挥挥手，让他们快走。

上来一个年轻人，穿着和昨晚婚礼上对美津子演讲的年轻人一样。看到美津子，他在门口犹豫了一下。

美津子跟在沼田身后，扶着油漆剥落的墙壁，慢慢蹚过四处积水的地面。

"接下来怎么办？"

"我放弃了，给您添了不少麻烦。"

暮霭笼罩着街道，她突然觉得人生的一切毫无意义。不只是这次印度之旅，她至今为止的一切，无论是学生时代、短暂的婚姻生活、对志愿者伪善的模仿，还是在完全陌生的城市四处寻找大津。但这些愚蠢行为的背后，她隐约感到自己也想得到 X，无疑能让她充实起来的 X。可她无法理解 X 究竟是什么。

突然，和昨天听到的乐队演奏声很像的爆破音从远处传来。

"又是结婚典礼吗？"

沼田停下脚步，把视线投向声音传来的方向，许多人配合着鼓声列队走来。

"是示威游行。"

乐队演奏的是悲伤的葬送曲。男人们的步伐和着曲子，手里拉着白色帷幔，上面用印地语和英语写着："我们不会忘记英迪拉。"

写着"英迪拉是我们的母亲"的帷幔下，和婚礼上一样的上流社会的印度教徒，一个个拖着沉重的步伐。他们的身后则跟着乞讨的孩子和贫穷的男女。"英迪拉是我们的母亲。"他们大喊。戴着头盔的警察在队伍旁边森严戒备。

"英迪拉是我们的母亲。"沼田念着帷幔上的字，"母亲已死，母亲已死。"

"成、濑。"

突然有人用日语喊美津子的名字。美津子听过那个声音，学生时代他也曾用这独特的声音叫着自己，"成、濑"。她看到了大津，他穿着脏兮兮的长袖上衣和磨破的牛仔裤。

"听说……你在找我。Namaste（你好）。"

"Namaste."美津子感觉自己声音沙哑，勉强露出微笑，"找了很多地方，还向教会打听。"

"不好意思。"岁月的流逝并未改变大津动不动就道歉的习惯，"我已经不在教会了。印度教的阿修拉姆收留了我。"

"阿修拉姆？"

"像道场那样的家。"

"你改信印度教了？"

"不，我还是基督教的神父，但印度教的苦行僧热烈接纳了我。"

"找个地方聊吧。来我住的饭店？"

"我这副样子，饭店不会欢迎的。"

"有漂亮的庭院，院子里有长椅。"

"是巴黎饭店吧？"

"你很了解呀。"

"我的朋友是不可接触者，在那里帮人洗衣物。那里的庭院很有名。"

美津子向满眼好奇的沼田介绍了大津。

"真的谢谢您，我现在要和朋友回饭酒店了。"

"英迪拉是我们的母亲，我们不会忘记英迪拉。"游行队伍高喊着从三人面前经过，"母亲已死，母亲已死。"

十 大津的故事

　　沼田知趣地把两人送上出租车，说自己要回鸟店看看，便消失在游行队伍中。出租车里，大津沉默了一阵，开口说："在这种非常时期来了印度啊。"

　　"嗯，但不清楚究竟是怎么回事。"

　　"新德里好像到处在暴动。"

　　"这个城市倒是意外地安静。"

　　"因为这里是印度人的圣地。"

　　"英迪拉的遗体也会流归恒河吗？"

　　"是的，她会跟贫穷的不可接触者一样随恒河流走。听说葬礼是十一月三日。"

　　瓦拉纳西漫长的一天结束了，天气突然转凉。庭院重新恢复了活力，昆虫齐鸣，秋千没人坐，自顾自吱呀吱呀地摇晃着。大津坐在长椅上，拘谨地并拢双脚，这让美津子想起大学时代那个坐在校内长椅上忍受她嘲讽的大津。

"来份三明治吗？喝什么饮料？"美津子说话的方式和学生时代一样，"这么说，你和印度教徒住在一起？"

"嗯。这里的印度教徒上了年纪，会把家交给孩子，然后离家流浪，被称为'苦行僧'。我是被苦行僧收留的。"

"就像弃犬。"

"是的，那时我就像弃犬。"大津的声音像患了鼻窦炎，"真是走投无路了。"

"你和印度教徒住在一起……会被教会责备吗？"

"我总被教会训斥。"

"我不明白，"沉默片刻后，美津子开口，"你还是神父吗？"

"是，虽然掉队了……"

前台的服务员端来三明治和一壶红茶，看到大津，露出厌恶的表情。

"我常被认作是不可接触者，装扮成这样是为了方便搬运尸体。我不能穿着传教士的衣服搬运尸体，印度教徒也拒绝异教徒进入火葬场。"

"我听人说在火葬场看到了你，你是在……"美津子很诧异，"搬运尸体？"

"是的，很多人为了能在恒河死去，历经艰辛走到这里才倒下。

市政府的卡车每天绕市区巡查一次死在路上的人，但还是有遗漏的。"

"我看到过。"

"呼吸尚存的人会被带到河边的公共设施，已经停止呼吸的人就被送到河坛边的火葬场。"

美津子眼前浮现出前天目睹的晃动在玛尼卡尼卡河坛的火焰，以及被红色和黑色的布裹成木乃伊躺在竹床上的老妇人尸体。摘下布，就会看到残缺的恰门陀女神。每具尸体上都留有各自的人生痛苦和泪痕。

"你……也送他们去印度教的火葬场？"

"是的，有钱人用担架抬过去，但孤身一人的贫穷的不可接触者很少有人搬运。不可接触者也希望在恒河死去，所以才拖着脚步来到这里。"

"可你不是印度教的婆罗门。"

"有很大差别吗？如果他也在这里……"

"他？你是说洋葱？"

"是的。我想，要是洋葱来到这座城市，他一定会把倒下的人背到火葬场，就像他生前背负十字架。"

"但你的行为却在洋葱的教会中遭到了批评。"美津子不假思索说出刺耳的话，她也讨厌这样有失分寸的自己。

"我……在哪里都没受到过好评。上大学时，当神学院学生时，在修道院时……在这里的教会也是这样，但我已经不在乎了。"

"那你的……"

"我知道。洋葱不只活在欧洲的基督教里，也活在印度教和佛教中。我不仅这么想，也选择了这样的生活方式。"

餐厅的窗户敞开着，断断续续传来印度音乐的演奏声，像手风琴声音的簧风琴，这是专为今天抵达饭店的美国游客准备的。

"可这样一来，你的一生就毁了。"

"我不后悔。"

"印度教徒知道你是神父吗？"

"那些倒下的人吗？当然不知道。不过，当这些耗尽力气的人在河畔被火焰包围时，我会向洋葱祈祷，请他接纳我交过去的这个人。"

"那你不就相信佛教和印度教转世的说法了？至少你还是神父吧？"在大津选择的生活方式面前，美津子感到挫败，内心仅剩的自尊促使她提出了这个问题。

"洋葱被杀的时候，"大津盯着地面，好像在说给自己听，"所有弟子都抛弃他逃生，活下来的弟子们终于明白了洋葱的爱和爱的意义。即使遭到背叛，洋葱依然爱他的弟子。因此洋葱刻在了每一个内疚的人的心中，变成了他们难以忘怀的存在。弟子们为了传播洋葱一生的故事，走向遥远的国度。"

大津用摊开绘本给印度贫穷的孩子讲故事的口吻说。

"从那以后，洋葱一直活在他们心中。洋葱死了，又转世到了弟子之中。"

"我听不懂。"美津子大声反驳,"我好像在听另一个世界的故事。"

"不是另一个世界。你看,我就在你面前,洋葱就活在我心中。"

大津的苦行生活证实了他说的话,这和婚礼上年轻人口舌如簧说的那番如宾治酒一样味道的话截然不同。

庭院的灯亮了起来,灯光照着大津长出肿疱的侧脸。

"每次看到恒河,我就会想起洋葱。恒河对所有人一视同仁,不管是伸出腐烂的手指乞讨的女人,还是被杀的总理甘地,它都来者不拒,任由每个人的骨灰在它的河中流淌。洋葱的爱之河也一样,再丑陋和污浊的人,都会被它接纳,在它的河中流淌。"

美津子不再反驳,但感觉到了自己与大津的鸿沟。大津的生活方式和这番话都属于另一个世界。她不了解洋葱,只知道洋葱彻底夺走了大津。

"大津,你脸上长了肿疱。"

"我知道。因为我常出入妓院。"

"难道……你抱了她们?"

"抱过。为了男人辛苦工作却死去的可怜女人,我抱过她们残破的遗体。"

美津子第一次听大津开玩笑,这显示大津心态上多了几分从容。

印度音乐表演一结束,马上传来美国人嗡嗡嗡的笑声和交谈声。大津好像接收到信号一般,从长椅上站起来。"我该走了,明天要早起。"他露出哀伤的微笑,"或许这辈子再也没有机会见到你了。"

"为什么说这种话？明天你在哪里？"

"不知道。在这座城市的任何地方，每天都有倒下的朝圣者。有的死在某户人家后门，有些患病的娼妓被丢在污水流过的地上。每天清晨恒河边开始火葬的时候，我或许会在玛尼卡尼卡河坛附近。"

矶边在找酒馆。他的心情和昨晚一样，他必须喝点儿酒。他已经不再恨那个长得像大学老师的占卜师了。来到这个国家，他目睹了人的贫穷，看到他们不光是乞讨，还利用身体的缺陷来获取生存的粮食。矶边明白那个占卜师也是其中之一，他利用"印度难以解释的神秘"谋生。虽然理解，仍有一种郁积情绪堵在胸口。

在这种郁积的情绪下，他想喝酒。他徘徊在和想象中一样脏乱的市集，叫拉吉尼的女子很多，她们无一例外都怯生生地抬头看着矶边，伸出手乞讨："先生，给点儿钱吧。"

矶边毫无目的地闲逛，好不容易找到一家不临街、开在后巷里的酒馆，卖一些落满灰尘、不知装着什么的罐头和杂粮。他说"威士忌"，店主摇摇头，拿出一瓶印度酒，指着瓶子，说出酒的名字："强，强。"

矶边对着瓶口喝，继续漫无方向地闲逛，盼着被酒精麻痹，除去烦愁。

路上有印度人在打架。几个男人跑进一户人家，揪出一个中年男人，对他一顿拳打脚踢。男人满脸是血，大喊大叫。不一会儿警察来了，揍人的几个一溜烟跑光了。

一个旁观的年轻人主动向矶边说明情形，仿佛在辩解："他是锡克教领袖。您知道今天早上锡克教徒杀害了总理甘地吗？"

他夸张地掩面说道："锡克教徒没有理由杀我们的母亲，总理是拥护锡克教徒查兰·辛格当总统的。"

矶边不想听，装作不懂英语，准备走开。身后传来年轻人的忠告："赶快回饭店吧，好几个城市已经实行宵禁了，这里和德里一样，只要争端一开始，外国人的处境就会变得很危险。"

当下，矶边对宗教争端完全不关心。他是日本人，完全不清楚这个国家印度教徒和锡克教徒的对立情况。居然因为宗教信仰不同而彼此憎恨，甚至杀人，简直太荒谬了。于现在的他而言，这个世界上最有价值的是关于妻子的回忆。失去妻子之后，他才真正明白妻子的价值和意义。他一直认为工作、绩效是男人的一切，但并非如此。他终于意识到自己的自私，对妻子的愧疚感越发强烈了。

矶边醉意加深，已辨不清方向，疲倦地挪动脚步。"来！""来！"左右两旁的人力车车夫招呼他。矶边看到打烊的花店和卖铜壶的摊贩，这才察觉到自己已来到河边。

河坛的石阶上躺着几个乞丐，他们看到矶边，发出声响。矶边丢下零钱，爬上河坛，躲到河岸边几件晒干的衣服后边。

眼前是条巨大的河流。月光反射在银箔般的河面上。不见朝圣者沐浴的身影，也没有白天的喧闹，河上连一艘船都没有。

矶边在当地人用来洗衣服的岩石上坐下，眺望着由南向北默默流淌的锡色河流。河面上时而会有黑色的浮游物移动。天真的河与浮游物一起流淌而去。

矶边把手中的酒瓶扔向河面。众多的印度教徒在这条大河里被净化，他们相信这条河通往更好的来世。妻子是怎么被送走的呢？

"你啊，你啊，"他呼唤着妻子，"到哪里去了？"

妻子生前，他从未这么亲昵地呼唤过她。直到妻子去世，他跟很多男人一样热衷工作，常常忽略家庭。他和妻子之间并非没有爱情，只是他向来认为，人生中最重要的事是工作，女人也喜欢努力工作的丈夫。他从来没有想过妻子爱他有几分，也没有察觉到在这样的安全感背后，他和妻子之间的牵绊有多深。

但是，听到妻子临终前的呓语，他明白了人与人之间无可替代的牵绊究竟是什么。

街上偶尔传来喧嚣声，或许是印度教徒又在攻击锡克教徒了。他们都认为只有自己才是对的，憎恨与自己不同的人。

复仇、憎恨不只存在于政治世界，宗教世界也一样。这个世界只要有团体，就会有对立和斗争，就会产生贬抑对方的计谋。经历过战时和战后生活的矶边烦透了这样的人和团体，正义这个词也听腻了。不知从何时开始，内心总是回响着一个模模糊糊的声音：什么都别相信。因此，虽然他和公司的每个人都处得不错，却没有相信过任何人。通过现实的生活,他明白每个人都是自私的,为了掩饰自私,还假装表达善意、主张所谓正确的方向。他承认自己也一样,所以才能度过平安无虞的人生。

直到变成孤身一人,矶边才终于明白,生活和人生是截然不同的。他为了谋生曾和不少人打过交道,但不可否认,人生中他真正接触的人只有两个:母亲和妻子。

"你啊,"他又向河流呼唤,"到哪里去了?"

河流接受了他的呼唤,仍旧默默地流淌着,但那银色的沉默下藏着某种力量。迄今为止,河流包容了许多人的死,将他们送往来世,它也传送了这个坐在河边岩石上的男人的人生之音。

十一　他诚然担当我们的忧患

　　两三只野狗在翻找中庭的垃圾堆，看到回来的大津，眼神凶狠地狂吠，不过没有扑过来。飘荡着臭气的石头房子里一片漆黑。住在阿修拉姆的五个苦行僧要早起，现在已经睡了。一楼最边角的地方——如果那里可以称为房间——是分配给大津睡觉的。他打开快要坏掉的门，走进还残留着汗臭和白天暑气的房间，打开光秃秃的灯泡。灯光照射在潮湿的床铺上凹陷下去的地方，那里放着几本书，是祷告书、《奥义书》和特蕾莎修女的书。蚊子嗡嗡叫，他点上从日本寄来的蚊香，脱下上衣和印度拖鞋，用浸在水桶里的布仔细地擦拭上身。

　　他跪下来祈祷了一会儿，然后拿起《圣雄箴言录》，在昨夜被汗浸湿的床铺上躺下，看着反复读过的地方，等待睡意来临。

　　"作为一名印度教徒，我本能地认为所有宗教或多或少都是真实的，所有宗教都源自同一个神，但是不管哪个宗教都不完整，因为它们是由不完整的人传给我们的。"

小老鼠如子弹般在地板上蹿过，在这栋建筑里，这并不稀奇，曾有大老鼠爬过大津的床铺在房间穿梭。

"虽然存在各种各样的宗教，但它们从各种各样的道路聚集在同一个地点。只要能到达同一个目的地，我们走不同的路又有什么关系呢？"

这是大津喜欢的一段话。在看到这段话前，他已经有了同样的想法。但这让神学院和修道院的上层蹙眉，也引起法国同学的反感和蔑视。

"既然如此，你为什么还留在我们的世界里？"大津曾被学长这样责备过，"既然你这么讨厌欧洲，就赶快离开。我们守护的是基督教世界里的基督教教会。"

"我不能离开，"大津带着哭腔说道，"是耶稣让我留下的。"

语录从大津脏污的指间滑落到地板上。他打着鼾，做了个梦。梦中，他看到了那个在里昂修道院经常责备他的皮肤白净的优秀学长杰克·蒙日。

"神是在我们的世界、在你讨厌的欧洲成长起来的。"

"我不这么认为。他在耶路撒冷受刑，之后四处流浪。即使现在，他还在印度、越南、中国、韩国等各地流浪。"

"够了。你不怕老师们知道你有这种异端的想法吗？"

"我的想法……异端吗？他身上真的有异端宗教吗？就连信仰

不同宗教的撒玛利亚人 ①，也得到他的承认和爱。"

只有在梦中，他才会反抗杰克·蒙日和老师。他在梦中辩解和反驳，在现实中带着一副快要哭的表情，沉默不语。总之，他不过是个失败者、胆小鬼，在语言上也缺乏对抗和战斗的力量。

三点半。总算有一丝凉意钻进了闷热的空气，中庭还没有亮，一头迷路的牛在那儿睡着了，三个苦行僧用桶从井里打水洗身体。

四点。大津起床，同样用井水擦拭身体，洗脸，在房间里偷偷做弥撒。弥撒结束，他依然跪着。即使在修道院，也只有和他对话时，大津才能获得巨大的安详和宁静。此外的时间，他总在担心伤害到谁，激怒了谁。

屋外已经开始泛白。大津关上房门走出中庭，瘦削的牛睁开没有感情的眼睛盯着他，起身走在前面，慢吞吞地离开了。白天从塔上传来伊斯兰的咏唱声、人力车声以及旋涡般的人流，现在都归于寂静，每家店都紧闭着油漆剥落的门，整座城市就像一间无人摄影棚。只有成群的野狗和马路中央缓缓起身的牛在动。空气还有些微凉。大津穿过很快会被烈日暴晒的大马路，向右转，又向左转，在充满湿气与污秽的路上穿行。他在找衣衫褴褛蹲在路旁某个角落，喘息着等待死亡的人。他们过完徒有人形的一生，把葬身恒河当成最后的希望，终于来到这里。

就像知道蟑螂会在哪里出没，大津本能地知道他们会倒在这

---

① 在《圣经·新约》的福音书中，撒玛利亚人被以色列犹太人视为异端，但耶稣没有舍弃他们。

座城市的什么地方。总是一些人们注意不到的狭窄小路，仅有些微光从墙壁缝隙泄漏出来。

直到生命终结，人类都把这缕光当成最后的寄托。

大津穿着拖鞋，在有污水和狗粪的石阶上停下来。在他脚边，一个老妇人靠着墙壁，一直仰头看着他，她的眼神和一早盯着大津离去的牛一样丧失感情。她的肩膀上下起伏。大津蹲下来，从挂在肩上的袋子里拿出铝杯和水瓶。"水，水。"他温柔地对老妇人说，"我是你的朋友。"

铝杯贴着她微张的嘴唇，水一点儿一点儿流进去。更多水只是打湿了她的下巴，打湿了包裹着她身体的破衣服。她用微弱的声音说出"恒河"两个字，脸上露出哀求的神色，泪水夺眶而出。

"不舒服吗？"大津高声问道，点了点头，"不要担心。"他从细绳编成的印度背箱里拿出袋子，裹住她瘦小的身躯，将她背在背上。

"恒河。"老妇人全身的重量压在他肩上，哭泣般的声音重复着。大津回应她："想喝水吗？"然后往前迈开了步子。这时，早晨的阳光洒向这座城市，有如神终于察觉了人们的痛苦。商店开门营业，牛羊群响着铃声穿过马路。不同于日本，这里没人会对背着老妇人的大津投去异样的眼光。

大津的后背，背负过多少人和他们的悲伤到恒河？他用脏污不堪的布擦擦汗，调整了一下呼吸。大津并不知道，这些和他只有一面之缘的人有着怎样的过去。他只知道，在这个国家他们都是不可接触者，是被抛弃的人。

从颈部和背部感受到的不同日晒强度，大津就知道太阳升到了什么位置。

"你，"大津祈祷着，"曾背负着十字架攀登死亡之丘，现在的我正模仿你。"

火葬场所在的玛尼卡尼卡河坛已有一缕黑烟升起。

"你曾背负人们的哀伤攀登死亡之丘，现在的我正模仿你。"

十二　转世

　　饭店的窗外依然昏暗，但小鸟已经醒来，在庭院四处啼鸣。前台一阵嘈杂，为了观赏破晓时分恒河的沐浴景色，昨天从加尔各答来的三十几名美国游客也都聚集到了楼下。

　　美津子和木口搭乘同一辆大巴，邻座和蔼、高大的美国妇人正找他们攀谈。

　　"我去过日本，虽然已经是三年前了。那时候是夏天，真热。我还在别府泡过温泉，但日本饭店里的毛巾太小了，用起来不方便。"

　　妇人似乎把浴巾和毛巾搞混了。

　　"你什么时候到加尔各答的？"美津子只得找话题。

　　"昨天。那里和日本一样，人很多，很热。"妇人天真地笑了。

　　"那边的局势很危险吗？"

"并没有。军队和坦克守住了要地，没什么特别的状况。"

看来江波和其他日本游客今天傍晚就能安全回来了，他们不在的两天好漫长。

"Ladies and gentlemen，"前台的服务员用装腔作势的声音，对像庭院里的鸟儿一样吵闹的游客说，"now we shall start."

接他们的车子到了。木口和美津子跟在这群美国人身后找了个位子，木口回头看着那些开怀大笑的美国人，自言自语："真想不到，四十年前他们还在和我们杀来杀去……感觉就像不久前的事。虽然我打仗的时候是和英国军队、和印度军队。"

对立和憎恨不只存在于国与国之间，在不同宗教之间也会延续。昨天，不同的宗教信仰导致了女总理的死亡。把人与人联结在一起的与其说是爱，不如说是恨。人和人之间可能不会因为爱，却会因为共同的敌人联合起来。长久以来，任何一个国家和宗教都是这样延续下来的。其中，像大津这样的小丑因为模仿洋葱，结果被驱逐。

"成濑女士，您去过几次恒河？"木口问。

"两次。"

"多亏了您，我才没白来印度。我打算在那条河里或在印度的某座寺庙里为死去的战友做法事。我不知道这个国家的佛教徒这么少，明明释迦牟尼诞生在这里，现在却变成一个印度教国家。"

"但是我觉得，"美津子看着开始泛白的风景，说出了心里话，"那条河不只是印度教徒的河流，而是为所有人存在的一条深河。"

几乎没有商店开门，街上空无一人，大家都在贪睡，只有牛在毫无目的地漫步。

巴士停在达萨斯瓦梅朵河坛前面。美津子和木口混在笑声爽朗的美国人中，走上肮脏的马路。乞讨者像等候已久的苍蝇群，纷纷伸出手。

和善的美国妇人给了孩子们一些钱，美津子跟着她登上河坛。许多印度男女已经开始在河水中沐浴，比她想象中多得多，这让美津子十分惊讶。

"每年会有几百万印度教徒在这条河中祈祷。"围成一圈的美国游客中传出导游的解说声。

"几百万人！"有人惊呼道。

"没错，几百万人。印度教徒相信，只要进入这条河，过往的罪孽都会被冲走，来世能生活在好的环境中。"

"转世回到这个世界？我已经受够这个世界了。"美国妇人笑了，眯着一只眼睛看着美津子，"你是佛教徒吗？"

"我没有宗教信仰。"美津子回答。

"坏了，你是坏了的一代人。我信神。"她逗着美津子，又指了指已经开始登船的同伴说，"快赶不上游船了。"

印度人划着四五条船，游客分成几队搭乘，靠近火葬场观看火葬的景象。

"谢谢。我们不坐，我们走去看。"

"OK，"美国妇人又眯起一只眼睛，"今天晚上在饭店一起喝啤酒吧。"

天没亮，码头的波浪发出狗喝水般的声音。他们的船缓缓开动后，木口和美津子向人头攒动的玛尼卡尼卡河坛走去。路过的建筑物多为寺庙和供朝圣者住宿的地方，狭窄的小路上散落着狗和羊的粪便。美津子害怕踩一脚就会滑倒。

"木口先生，您还好吗？"

"小意思。跟从前丛林里逃生的路相比，根本不算什么。"木口意味深长地重复了一遍，"那里的路可不像这样。除了脏，还到处是腐烂的士兵尸体。"

美津子用力地点点头。这个长得像中小企业老板的男人心中，有着不得不来这条河的过往。每个来这条河的人，都像被蝎子刺伤、被眼镜蛇咬伤的女神恰门陀一样，各自有着不为人知的过往。

经过几处河坛，每一处都有许多沐浴过的男女，水滴从沐浴巾、纱丽和围腰布上滴下来，他们在擦拭身体，更换衣服。遮阳伞下，穿着黄色衣服的婆罗门僧抬着一只手，在前来祈福的信徒的额头点上记号。脸上涂了白色颜料、端坐着的人是云游者。美津子把从江波那儿听来的事告诉木口：印度教徒会在人生的晚年舍弃家庭、告别家人，到圣地巡礼朝圣，以修行者的身份结束人生，这就叫云游。

"那么，"木口可能有些累了，在河坛的石阶上坐下，望着昏暗的风景说，"这次印度之旅对我来说就算云游之旅。能活下来，我希望老了以后再去一次缅甸或印度，祭奠死去的同伴。成濑女士，因为工作太忙，我直到去年才找到时间，没想到来到印度却生了病……"

"生病也会成为云游之旅的回忆。"

"成濑女士，我发烧的时候说了胡话吧？说了'加斯顿，加斯顿'。"

"我忘了，也不介意。"

"不，成濑女士，我并非觉得不好意思才提起。加斯顿是我从前认识的一个外国人，我至亲的战友直到临终前都受他照顾。"

天空逐渐被浅红色分割开来。太阳一出现，河流突然变得金光闪烁，欢呼声从左右两边的河坛同时响起。一排身裹围腰巾的男人一起跑下石阶，冲进河里，溅起一阵水花。

"我患疟疾倒下了，战友为了救我，在缅甸的丛林里吃了人肉。"木口突然按捺不住压抑的感情，"成濑女士，您曾经挨过饿吗？不，我想您无法想象真正的饥饿。雨季的缅甸，我们扔了枪，没有食物，冒着大雨四处逃窜。周围都是丛林，一路上到处能听到羊齿叶间、树木之间传来的无法动弹的伤兵的哭泣声和呻吟声，但我们也救不了他们。身后'救救我''带上我'的声音，让我们无法向前……最心酸的是年轻士兵呼唤妈妈的声音，他们的伤口长了蛆……我的战友却在这种情况下救了我。"

两个人的正下方，周身沐浴在玫瑰色朝阳中的裸体男女正含着恒河水，双手合掌。每个人都有自己的人生，有不能对别人说的秘密，他们背负着这些秘密生活，必须在恒河里得到净化。

"没办法，那种情况下，吃死人肉也是迫不得已。我们多少都是靠吃别人而活着的。"

"不不，不是这回事，成濑女士不明白，我的战友因为这件事痛苦了一辈子。退伍后，他……遇到了那个被吃了肉的士兵的妻儿。孩子一无所知、天真无邪的眼神刺痛了他，变成了他一辈子的痛苦回忆。他独自忍受着，甚至无法对我说出口。他整天喝酒，想忘掉往事，结果却吐了好几次血，住院时遇到了当志愿者的加斯顿。"

美津子望着玛尼卡尼卡河坛，听木口自言自语。人在某些时刻、某些场合想将秘密一吐为快。木口的那个时刻就是现在，那个场合就是恒河河畔。玛尼卡尼卡河坛上，人在生命终结后被焚烧，然后化作缕缕白烟流向河面。

"加斯顿听了我战友的秘密后说，有一架飞机坠落在安第斯山中，也有人吃了人肉才活了下来。"

"是吗？"

"他还说，在雪山等待救援期间，乘客们已经没有食物了，受重伤的人请大家在他死后吃他的肉维生。我的战友哭着听完这些话，或许也从中得到了一丝解脱，去世时意外地安详。"

"为什么突然说这些？"

"对不起，我也不知道为什么现在必须说出这个秘密。"

"或许是因为恒河吧。这条河让我们感觉到它能包容世间的一切。"直到来到这里，美津子才真正体会到了这种感觉。日本没有瓦拉纳西这样的城市，她知道的少数城市，巴黎、里昂也和这里不同。这是一条人们为了死后能够流归，从远处聚集而来的河，这是一座人们为了在此终了而前来朝圣的城市。这条深河拥抱着死去的人，默默地流淌着。

木口满是皱纹的手掌搓了搓长着老人斑的脸，似乎茅塞顿开。

"成濑女士，从那以后我思考了许多，也开始看佛教的书了，虽然有些看不懂。"

"您说的加斯顿现在还在日本吗？"

"不知道。听说战友死后医院里再也没有人见过他。我觉得他是为我战友而来的，战友一死他就消失了。我的战友做了一般人无法承受的事，在他濒死前自暴自弃的时候，加斯顿来到他身边，就像是和他同去朝圣的另一个云游者一样。"

美津子听着，想到了大津，但木口接下去说的，和她想的完全不同。

"我思考的问题是佛教所说的善恶不二，人的行为没有绝对的正确，反之，恶行中也藏着救赎的种子。所有事情都是善恶一体的，无法黑白二分。我的战友曾在饥饿难耐时吃了人肉，精神崩溃。而加斯顿告诉他，即使身处地狱也能找到神的爱。虽然是漂亮话，但我从战友死后不停地回想这些事，直到今天。"

在美津子和木口旁边，一个身着橙色纱丽、看上去出生富裕人家的可爱少女正瞪着一双黑色的大眼睛，好奇地听他们用日语对话。河面也染成了玫瑰色，人头浮动，如熄灭的河灯。

"成濑女士，听说印度人认为在这条河里沐浴后，下辈子会有个好的出身。"

"据说印度教徒称恒河为转世之河。"

"转世？说胡话的那个晚上，我做了一个梦，现在还记得。我看到了痛苦的战友，加斯顿正抱着他。我想他们的关系很密切。加斯顿说，战友为了救我吃人肉，虽然这件事很恐怖，但是出于慈悲之心，所以得到了原谅。"

"……"

"所谓转世，不就是这个意思吗？"

这个在东京随处可见、长得像中小企业老板的男人，有美津子无法想象的人生。在水中合掌祈祷的人们也有各自的故事，被送来这里的尸体也一样。这是一条包容一切的河，是大津所说的有洋葱之爱的河。

木口解开随身的包袱，拿出经书。

"不好意思，成濑女士，我可以在这里为他和死去的战友念一段经文吗？"

"没关系，我先去其他地方逛逛。"

木口注视着河流，背诵起一小段《阿弥陀经》。

河水流淌。恒河由南向北向前流动，划出平缓的曲线。木口眼前浮现出死亡之路上趴伏或仰躺的死去的士兵。

彼国常有种种奇妙杂色之鸟。

白鹄、孔雀、鹦鹉、舍利、迦陵频伽，共命之鸟。

　　是诸众鸟，昼夜六时，出和雅音。

　　少女站在诵读《阿弥陀经》的木口身边，瞪着黑色的大眼睛凝视着他，没有走开。念《阿弥陀经》时，木口一定想到了在缅甸丛林里听到的无数小鸟的叫声。

　　彼佛国土，微风吹动，诸宝行树，及宝罗网，出微妙音。

　　那些残酷的日子里，雨滴滴答答下个不停。偶尔停歇的时候，不知躲在哪里的小鸟就会突然从丛林中发出清脆嘹亮的叫声，地面上的伤兵在呻吟和哭泣，小鸟兀自快乐地啼鸣。空中传来远处侦察机的微弱声响。小鸟的叫声越响亮，士兵的呻吟就越痛苦……

　　从瓦拉纳西去往西边阿拉哈巴德的路，有的还没铺柏油，老旧的出租车颠簸得厉害，司机还得腾出一只手拉住把手坏了的车门。每当这时，沼田就不得不抱住身旁的鸟笼，刚从鸟店买来的鹩哥在笼子里叫个不停。

　　"好了好了。"他好几次想让小鸟安静下来，"好了好了。"

　　司机回过头来，缺牙的嘴角浮现笑意，模仿沼田用日语说："好了好了。"然后他用拙劣的英语问道："这是你的鸟吗？"

　　"是的。"

"这只鸟能吃吗？"他用一只手做出吃的动作。

"不能。"

"你是日本人，还是中国人？"

"日本人。"

"你要把这只鸟带回日本？"

"不，我要给它自由。"

最后这句话司机似乎没听懂，沉默了片刻后握紧方向盘。

鹩哥总算安静下来了，沼田把鸟笼夹在双膝之间，盯着它看。鸟的两个爪子挂在栖杠上，发出带痰般的呼噜声，那是他住院时听到过的声音。

这只鹩哥的大小和体形跟他之前养的那只没有太大差别。车行驶在柏油路上，它歪着脑袋的样子也如出一辙。

"还记得那天晚上吗？"沼田小声说道。

司机回过头来问："怎么了？"

"没事。"

司机打开收音机，车里响起高昂的女声和大鼓声交织的印度音乐，大概是流行歌曲。

道路两旁是幽深的森林。多罗树和印度榕树丛生，印度榕树长着白色的树枝，宛如交合中的男女彼此紧紧缠绕在一起。沼田把脸贴在车窗上，希望在这一带找到野生动植物保护区的标志。江波说，阿格拉附近的萨尔斯卡和巴拉特普尔有大面积的知名保护区，而阿拉哈巴德这边也有个小型禁猎区。

沼田打开地图准备寻找，司机似乎早就从饭店前台处打听清楚了："我知道，没问题。"

出租车又颠簸地行驶在石子路上，胆怯的鹩哥拍了一阵翅膀后，车速逐渐放缓了。

"就是这里。"

"等我一下。"沼田用手表向司机示意，让他等三十分钟。

简陋的事务所里空无一人。沼田喊了两三次，没人应答。走到哪里都能听到动物园关园后各种小鸟的叫声。让人意外的是，森林里的土地被平整过，树与树之间有一定间隔，四处挖有水池，供小鸟饮用。

沼田在池边坐下来，把鸟笼放在地上。"还记得那天晚上吗？"他向鹩哥诉说。那一瞬间，医院深夜的回忆历历在目。经历将近两年的住院时光和两次失败的手术后，他筋疲力尽，只能对鹩哥才能说出心中的秘密。他在医院寂静的深夜打开小小的床头灯，自言自语般将无法对任何人（他不想再给妻子增添痛苦了）言说的不安和担心告诉那只鸟。鹩哥的羽毛像女人湿漉漉的头发那般黑，它的爪子像弯曲的钉子钩在栖杠上，歪着头发出"哈、哈、哈"的声音，听起来既像在笑他软弱，又像在鼓励他。

"我会死吗？"

"哈、哈、哈。"

"该怎么办才好？"

"哈、哈、哈。"

二月的一个下雪天，沼田经历了第三次手术，粘连的胸膜出血导致心电图变成一条直线时，鹩哥死了，像是代替他一样。

粗糙的鸟笼用竹子和铁丝做成，沼田取下挡住鸟笼出口的木片。"来，出来吧。"他用手指轻敲鸟笼外侧。

鹩哥理所当然地出了鸟笼，在草丛里跑了几步，又扑扇着翅膀跳了几下，最后落到地面上很快跑走了。

沼田看着它滑稽的背影，终于放下了背负多年的重担，现在他可以稍微告慰一下那只在下雪天替他死去的鹩哥了。

炎热的太阳照在脸和脖子上。一进入广阔的槟榔树荫下，便又可以听到各种小鸟的叫声由远及近地在森林回响。它们形色各异，轻巧愉悦地从这个枝头飞到那个枝头。鹩哥到哪里去了？

菩提树叶的摩挲声，飞虫飞到耳边的振翅声，这些声音让森林的寂静更加深沉。有什么东西在多罗树间迅速穿行，仔细一看原来是长尾猴。沼田闭上眼睛，深深吸入大地和树木酝酿的像酒一样的青草味。这是生命原本的味道。微风拨动树叶，树木和鸟儿在其间进行着生命的交流。

沼田突然觉得自己很愚蠢。当下他感受到的这一切在人类社会中毫无用处，他十分清楚这一点，但仍执迷不悟。瓦拉纳西的街上飘散着浓浓的死亡气息，不只是瓦拉纳西，东京也没什么不同。尽管如此，小鸟依然快乐地歌唱。为了逃离这种矛盾，他创造了一个童话世界。回到日本后，他会继续写以鸟和动物为主角的故事吧。

十三　他无佳形美容

　　饭店的电视上不断重播印度总理英迪拉·甘地被暗杀的画面。

　　据报道，当天上午九点十五分，总理像往常一样离开官邸，步行前往约一百八十米以外的办公室，英国演员彼得·乌斯蒂诺夫当时在办公室正准备采访她。彼时，彼得·乌斯蒂诺夫听到窗外传来类似爆竹的声音，紧接着是人们的喊叫声。总理的侍卫比安特·欣和刚加入警卫队的沙特旺特·欣突然拿起自动步枪向女总理扫射。总理当场倒下，马上被送往医院，但已经死亡，遗体上有五十几处弹孔。

　　乌斯蒂诺夫也出现在画面上。"就在我做好一切准备，往茶杯里沏好茶的时候，突然听到三声枪响，不知谁说，'一定是在放爆竹'。"

　　餐厅的服务员和矶边正盯着画面，三条拎着波士顿包出现在众人面前。

"早上好，矶边先生。您一个人吗？大家都去哪里了？"三条高声问道。矶边的视线从三条身上移开。

"大家和美国游客一起坐大巴去看恒河了。"

"是吗？去看恒河了？要是能一起去就好了。昨天晚上我和太太去泰姬陵恒河饭店跳舞，所以起得晚了。那饭店真好，江波先生怎么安排我们住在这种二流饭店里呢？明明这里也有和东京大仓饭店同档次的地方……"

"你太太呢？"

"她还睡着呢。她真让人头疼，像个孩子，根本不知道她丈夫想成为一流摄影师。"

"包里装了相机？"

"回答正确。我太太要睡到中午，所以我先喝杯咖啡，上午去趟恒河。"

"江波先生好像说过恒河火葬场严禁拍摄，尤其是这两天，印度教徒正在气头上，我昨天晚上还看到他们把一个锡克族的男人打得浑身是血，你今天最好别带着相机去。"

"罗伯特·卡帕曾经说过，不身临险境的摄影师是拍不出杰作的。就像印度人常说的那样，没问题。放心好了，在火葬场我不会拍的。"

三条发出啜饮咖啡的声音。喝完后，他让前台帮他叫一辆出租车，然后回了一趟房间。穿着蓝色睡裙的妻子手臂伸得长长的，像蓑蛾似的蜷缩着身体正在睡觉。三条碰了一下她白皙的手臂。

妻子睡眼惺忪。"再让我睡会儿。"

"我出去了，还有工作呢，要不然就白来一趟了。我给你叫客房服务送点儿东西吃？"

"不用了。"

"哎呀，听说印度总理甘地被暗杀了。"

"不关我们的事，再让我睡会儿，拜托了。"

这正合三条之意。妻子看到高级酒店、印度丝绸和羊绒披肩的商店会双眼放光，但对新德里和这里怨声载道，一个劲儿地说"脏死了""忍受不了""就该去德国童话街"。老实说，他也不知道该拿她怎么办。

看着匆忙钻进出租车，只身离开的三条，矶边突然有一种不安的预感。哪个公司都有人品不错，但总添麻烦的人。矶边凭经验判断，三条这个年轻人不坏，只是神经太大条了。

"达萨斯瓦梅朵河坛。"三条有点儿得意地把目的地告诉手握方向盘的司机。印度司机对他这种强硬的语调有点儿害怕，下意识地回答："Yes."

三条抚摩着波士顿包里的相机。这个坚硬的东西是他存在的意义，是他的好搭档。

下了出租车，乞讨者像成群的蝗虫将三条围住。"No！"三条发出呵斥狗的声音。失去手指的女人和一副饥饿模样的孩子已经不会再让三条像最初那样心生怜悯和同情。只要给了一个人零钱，就会有更多这样的人汹涌而来。

大概是受到暗杀事件的影响，林立着向朝圣者出售花朵和装圣水瓶子的店铺的十字路口有两三个士兵。要是让他们看到波士顿包里的东西，想必要挨一通盘问。

三条沿着河道背后的小路行走，吹着《星光布鲁斯》的口哨。"事情进展顺利，"他志得意满，"凡事都有诀窍。"从私立大学艺术系毕业后，他就掌握了诀窍，成为知名摄影师的助手，结婚对象也是能让他生活无忧的人家的姑娘。经过天文台不久，他碰到两三队人抬着用五颜六色的布包裹起来的尸体——这是在河边住下后死去的朝圣者。旅行指南上说，女性遗体会用红色或橙色的布包裹。

三条隔着包摸了摸相机。

这里不让拍，所以得偷偷拍。连刚入门的三条都知道，没有一个日本摄影师拍到过这种场景。如果这一次能成功，他的名字或许就能出现在一流摄影杂志上。

摄影重要的不是思想，而是素材，这就是三条选择印度作为蜜月旅行地的原因。就算是罗伯特·卡帕，如果他不是拍下了富有戏剧性的战地场景，也不会闻名于世吧？

狭窄的道路上，几个男人扛着两根约三米长的棍子，抬着尸体而来。一队人经过后，三条迅速拉开波士顿包，取出心爱的相机。当他把相机举到眼前，抬着后边棍子的男人突然扭过头来，用日语清清楚楚地说道："请停下，您不能拍照。"

三条连快门都忘记按了，茫然地看着那个男人。

他想起来了。前几天跟着江波参观恒河时，他在火葬场附近见到的就是这个日本人。当时面对江波的搭话，这个男人可能羞于自己衣衫粗陋，只含糊地回答了两句，就和其他印度人逃也似的离开了。

三条跟在送葬人身后，心想，那天见过这个日本人说不定是好事一桩。

"掌握诀窍，掌握诀窍。"三条倾向于凡事总往好处想，"不如我和那个日本人说点儿什么，让他允许我偷拍几张吧。拿钱说话，不信他不配合。"

离火葬场越来越近，一种特殊的尸臭味扑鼻而来。遗属抱膝坐在附近，等着把刚才的担架卸到柴火上，付之一炬。

所到之处，仇恨扩散，鲜血流淌，战争不停。美津子在河坛的石阶上坐下，膝上摊开着《印度时报》，是此前在路边不远处一家漂亮的小店里买明信片时一并买的。她埋头看了起来。没有一条新闻是关于日本的，不过后天要举行印度总理英迪拉·甘地的葬礼，日本首相中曾根的名字也出现在要来参加葬礼的各国首脑名单中。仇恨的硝烟不散，鲜血横流，这种情况不光印度有。两伊战争陷入泥潭，阿富汗战争久久不停，在这样一个世界里，大津信仰的所谓洋葱之爱贫弱而无力。就算洋葱现在还活着，也对这个充满仇恨的世界起不到任何作用，美津子心想。

他无佳形美容，我们看见他的时候，也无美貌使我们羡慕他。

他被藐视，被人厌弃，多受痛苦，常经忧患。

他被藐视，好像被人掩面不看的一样；我们也不尊重他。

他诚然担当我们的忧患，背负我们的痛苦。

滑稽的大津，滑稽的洋葱。在穿行于火葬场附近的身着白衣的人群中，美津子寻找着大津的身影。觉得那个男人蠢，为什么又放不下，还在追寻他呢？除了好几个穿着白衣的人之外，还有几条红色的狗，它们觊觎焚烧后的残骸。秃鹫也在柴火上空盘旋，伺机而动，准备啄食狗吃剩的尸体。美津子的脑海中又勾勒出被眼镜蛇和蝎子啃噬的恰门陀女神的模样，回过神来的时候，发现旁边石阶上一头瘦弱的牛正和美津子一样，睁着湿润的眼睛，看着同一幅场景。

"木口先生。"

正在诵读经文的木口一下子没认出来穿着纱丽的美津子。"咦？"他疑惑地盯着美津子，答道，"哎呀，是您啊，穿着纱丽我都没认出来。"

"这是我在小巷里买的，老板还教我怎么穿。"

"您自己的衣服呢？"

"寄存在那家店了，他们可以为来沐浴的外国游客保管衣服。"

"您要沐浴？"木口的视线追随着穿着纱丽缓缓走下石阶的美津子。

美津子的一只脚靠近如奶茶般混浊的河面，河水暖暖的，一个正在沐浴的高个子印度男人不停对她挥手，一直在对她说些什么。

"怎么了？"美津子问。

那个印度人高声答道："来吧，河水很舒服。"

美津子点点头，一只脚踏入河中，另一只脚也深深地踩了进去。刚开始犹豫不决，一旦身体完全浸入水中，不快的感觉就消失了，和面对死亡一样。

美津子的右边有两个印度教徒，左边有四个，这些男男女女用河水洗了洗脸，将水含在嘴里，祈祷着。没有人用讶异的目光看美津子。仔细观察才发现，男人和女人聚集的地方自然而然地分隔开了。

美津子往旁边走走，向穿着纱丽的女人们靠近。每个女人都把在河坛露天商店买的花瓣放在树叶上，让它们顺水而流。石阶上有把撑开的大伞，身裹黄布的婆罗门僧祝福前来祈福的新婚夫妇。南侧稍远处，刚才的尸体燃烧成灰，三个穿白衣的男子用铁锹将骨灰送入水中。骨灰顺水流向人群，但没人觉得奇怪，没人觉得不悦。这条河里，生死相依，生死共存。

承载着祝福的黄色花和粉色花也随波流淌，遇到水面上一个白板似的东西，花瓣聚在了一起。仔细一看，白板似的东西原来是小狗的尸体。尽管如此，人们对此毫不介意，仍在水中活动，将身体沉入水中祈祷。美津子向周围看去，想知道火葬场在哪里。新送来的柿色裹尸布下的尸体被悬在了柴火上，抬着担架的男人们又运来了别的尸体，美津子没有看到大津。

美津子面朝流水的方向。

"这不是在真正的祈祷，而是在模仿祈祷。"难为情的美津子为自己辩解道，"就像模仿爱一样，我在模仿祈祷。"

目之所及，河水缓缓转了个弯，波光粼粼，宛若永恒。

"但我知道了人间有河，虽然还不知道它将流向何方，但通过过去犯的那么多错，我多少有些明白，自己想要的是什么。"

她紧握拳头，往火葬场的方向看去，寻找大津。

"可以相信的是眼前的光景——每个人都背负着各自的痛苦，在这条深河里祈祷。"不知不觉间，美津子内心的独白变成了祈祷的语气，"河流包容着那些人，静静流淌。人间之河，人间深河的悲哀，我也身在其中。"

不知道美津子是在向谁祈祷，或许是在向大津追随的洋葱，不，不只是洋葱，是某种巨大而永恒的东西。

突然，通向火葬场的石阶附近传来呼喊声。蹲着的印度教徒齐刷刷起身，边喊边跑了起来。顺着视线方向，一个东方人正落荒而逃，是三条。那个人毫无疑问是三条。抬完尸体正在休息的一群男人中跳出一个人，挡在了遗属面前，试图劝架。但是情绪激动的遗属把阻拦他们的男人团团围住，拳打脚踢起来，三条却趁机逃进了河岸背后的迷宫里。总理被暗杀，正气不打一处来的印度教徒，将愤怒转嫁在阻止他们的男人身上。他像从货车上掉出来的货物，连滚了好几级石阶，从河坛掉了下去，一动不动。

沐浴的人聚了过去，围住了他。从一个个湿漉漉的人之间，美津子看到了满身是血的大津。

"大津！"

听到她的喊声，腰间裹着还在滴水的多提和纱丽的男男女女回过头来，给美津子让出一条路。

"不是他的错！"美津子在大津身旁蹲下，"不是这个人做的！"

大津微睁开眼，勉强地笑了笑，脑袋像盆栽一样耷拉在右侧。

"我的脖子……是不是断了啊……"他发出微弱的声音，"我太弱了。"

"等我给你叫救护车！"

"我已经跟那个人说了……不能拍遗体……我都说了……"

"他是和我一起来的。我去叫救护车。"

"我的朋友们……不可接触者……会来抬我。"大津露出僵硬的微笑，"用抬死人的东西，来抬还活着的我……"大津开这个玩笑，似乎是想逗美津子笑。蹲在旁边的美津子用随身携带的毛巾擦拭他嘴边和下巴上的血，大津沾满血的圆脸确实和小丑一模一样。就像他说的那样，男人们把此前抬尸体用的竹担架搬了过来。

看到这一幕，聚在一起看热闹的人逃着散开了。被抬上担架时，大津发出像羊叫一样的痛苦呻吟。

"你们要把他抬到哪里？"美津子问抬担架的男人们。

没人应声。

反复追问下，一个男人说道："医院。"

"哪家医院？请把他送到这里的大学医院。"

"再见了。"担架上的大津在内心对自己低语，"这样就很好。我的人生……这样就很好。"

"傻瓜！你真是个大傻瓜！"目送担架渐行渐远，美津子大喊，"真是个大傻瓜！为你的洋葱搭上了你的一生。你模仿着洋葱，但这个充斥着仇恨和自私的世界根本不可能改变。无论在哪里，你都被扫地出门，结果断了脖子，被抬上死人才用的担架，可最终不也无济于事吗？"

蹲在地上的美津子用拳头徒然地砸着石阶。

骇人的人群、骇人的暑气，正在抢夺客源的出租车司机发出大声的吵嚷，印度英语的广播听来像在大吼大叫。

"请各位看好自己的行李，在加尔各答，稍不留意行李就会被人偷走。"江波把日本游客召集到一起交代完注意事项后，便去看提前订好的机场大巴来了没有，但是无功而返。

"都交代那么多次了，车还是迟迟不来，印度人这一点真是让人没办法。"

"我们能赶上回国的班机吗？"

"那倒没问题，离飞机起飞还有三个小时呢。"

"这简直是在蒸桑拿，而且声音吵得耳朵疼。"

"这就是加尔各答，是个有九百万人口的大城市，各个国家的人都混在一起。"江波时刻不忘自己的导游身份，给大家介绍着，这已经成了他的习惯。"很抱歉成濑女士，您好不容易来一趟印度，却没参观印度的佛教圣地。"

"没关系，虽然没看到佛教圣地，但我看到了恒河。"

"回国后我和公司申请给您的费用打个折扣。"

休息室里的电视正在实况直播英迪拉·甘地总理的葬礼，所以这里尤其喧嚣。花朵装饰的遗体被炮车载往亚穆纳河边的火葬场，路上和各重要地点皆有重兵警戒，聚集在道路两旁的人群中有人挥舞着国旗，也有穿着纱丽的女人在用袖子擦泪。

"她尽力了。"江波看着小小的电视画面，自言自语道。

"为什么她会遇害？是锡克教徒出于宗教仇恨吗？"沼田询问。

"直接原因是这样的，但根本原因是这个有七亿人说不同语言、信仰不同宗教的世界的矛盾，还有大家看到的贫困和种姓制度。她生前试图缓解这一现状，但都失败了。"

江波这番充满惋惜的话，日本游客虽然频频点头，但谁也没有真正听进去。就连提问的沼田，脑中想的也是阿拉哈巴德附近森林的天空、风吟、亮闪闪的叶子，还有那只放生的鹦哥。女游客小声讨论着要不要去机场买没买齐的当地特产，木口重新用纸包了一遍在瓦拉纳西得到的小佛像。

"那个人在吐泡沫。"一名女游客戳了戳木口。

只见一个老妇人倚靠在墙边,仰头艰难地呼吸着,从她的嘴里冒出黄色的液体泡沫,但是路过的印度人并没有露出特别惊讶的表情,只是匆匆从旁经过。

"那个人快要死了。"江波告诉女游客,视线移向老妇人,"在印度随处可见垂死的人,在德里和瓦拉纳西你们应该都见到过吧?在加尔各答,每天有一两百人在路边死去。"

"这么近距离看到这种事还是头一次,有谁能做点儿什么吗?"

"能做什么?"江波生气似的说道,"在这个国家,垂死的人又不只有这老妇人一个。"

江波的语气过于强烈,这群日本游客似乎被他的气势惊讶到了,默默将视线从老妇人身上移开,投到远处的电视上。由三层砖垒成的火葬台上,蓝桉树叶装点着女总理的遗体,她的脸上罩着一条粉色丝巾。军乐队奏着庄严的送别进行曲,她的儿子马上就要点燃柴火,出席人员依次出现在镜头中,有撒切尔夫人、伊梅尔达夫人,还有中曾根。火焰升起,就像恒河火葬场上一具具被布包裹着的遗体,他们连同各自的人生一起在火焰中消逝不见。尽管如此,还苟活着的人所处的世界里,彼此之间的憎恨和战争仍然会存在。两伊战争还在持续,黎巴嫩也发生了内战,恐怖分子在英国布莱顿轰炸首相官邸,造成三十多人伤亡。

"这里真是太热了。"美津子靠近矶边,说道,"累坏了吧?"

"没有没有，还好来了。"矶边不好意思地笑了。

"至少，您妻子在您的心中确实转世了。"美津子安慰道。

矶边眨了眨眼睛，低下头。低俯的后背似乎在用整个身体，不，是整个人生承载涌上心头的悲伤。

"大巴在搞什么啊！"三条问江波。他的新婚妻子趴坐在行李箱上。三条似乎从来没想过他之前的行为引发了多大的波澜。

"我们还要在这么热的环境中待多久啊？"

"这不挺好嘛，这是印度的一部分，"木口打了个圆场，"也会成为回忆的一部分。"

三条虽然一脸不悦，但还是调整好心情，把相机举到眼前寻找拍摄对象，然后对着口吐黄沫、上半身斜倚在墙边的老妇人咔咔按了好几次快门。就在这时，人们突然让出一条路来，年轻的白人修女和印度修女穿着灰色修道服，带着两个抬着担架的男人走向老妇人。他们用印地语和老妇人低声说了些什么，用湿润的纱布擦了擦老妇人有气无力的脸。

"她们是特蕾莎的修女们。"江波向日本游客介绍，"这座城市有一群修女建立了'静心之家'，在加尔各答街头寻找垂死的人，一直照顾他们直到死去的那天。"

"这根本没意义。"三条嘲讽道，"她们这么做，印度的穷人和乞丐就没了？只会让人觉得徒劳而滑稽。"

"滑稽"这个词，让美津子想起大津悲惨的半辈子。就像三条说的那样，就算大津在瓦拉纳西的小城给快要死掉的老人提供免费住宿的地方，或是将他们运到河边的火葬场，又能起到多大作用呢？尽管如此，但这些修女和大津却……

"我是日本人。"美津子向白人修女搭话，"你们为什么要做这样的事呢？"

"什么？"修女睁大蓝眼睛盯着美津子，似乎被吓了一跳。

"你们，为什么，要做那样的事呢？"

修女的眼神中浮现出惊讶，她缓缓地答道："那是我们……在这个世界上唯一相信的东西了。"

美津子没听清楚她说的是"那"还是"那人"，如果说的是"那人"，就是大津的"洋葱"了。洋葱虽然在很久以前就死去了，但是他在其他人中转世了。在经过将近两千年的岁月后，他在这群修女身上转世了，在大津身上转世了。就像被担架抬到医院的大津一样，这些修女也会在人间之河中消失。

"江波先生，"美津子跑到江波身旁，"您可以帮我联系一下瓦拉纳西大学医院的那位医生吗？"

"咦？"江波一脸惊讶，"有什么事吗？"

"我朋友前天受伤住院了，您也在火葬场见过他，就是那个日本人。我想知道他现在怎么样了。"

"哎呀，怎么会发生那种事，我马上就联系他。如果大巴到了，让司机稍微等我一会儿。"好心的江波穿过熙熙攘攘的人群，往公共电话的方向走去。只见他嘴唇开合说了三四分钟，放下听筒，回到这群等大巴等得不耐烦的日本游客中。

他表情沉重地看着美津子。"那个受伤的日本人是您朋友吗？"

他咽了口唾沫，继续说道："他的情况很危急。大概一个小时前，他的病情就急转直下。"

图书在版编目（ＣＩＰ）数据

深河 ／（日）远藤周作著；崔健译. —— 海口：南海出版公司，2023.10
ISBN 978-7-5735-0574-3

Ⅰ. ①深… Ⅱ. ①远… ②崔… Ⅲ. ①长篇小说－日本－现代 Ⅳ. ①I313.45

中国国家版本馆CIP数据核字（2023）第138781号

著作权合同登记号　图字：30-2013-09

FUKAI KAWA
by ENDO Shusaku
Copyright © 1993 The Heirs of ENDO Shusaku
All rights reserved.
Originally published in Japan by KODANSHA LTD., Tokyo.
Chinese (in simplified character only) translation rights arranged with
The Heirs of ENDO Shusaku, Japan
through THE SAKAI AGENCY and BARDON CHINESE CREATIVE AGENCY LIMITED.

深河

〔日〕远藤周作 著
崔健 译

出　　版　南海出版公司　（0898）66568511
　　　　　海口市海秀中路51号星华大厦五楼　邮编 570206
发　　行　新经典发行有限公司
　　　　　电话（010）68423599　邮箱 editor@readinglife.com
经　　销　新华书店

责任编辑　王　雪
特邀编辑　褚方叶　余凌燕
装帧设计　李照祥
内文制作　王春雪

印　　刷　河北鹏润印刷有限公司
开　　本　850毫米×1168毫米　1/32
印　　张　8
字　　数　158千
版　　次　2023年10月第1版
印　　次　2023年10月第1次印刷
书　　号　ISBN 978-7-5735-0574-3
定　　价　59.00元